작가의 고향을 찾아서

작가의 고향을 찾아서

조선희 지음

2012년 4월 20일 초판 1쇄 발행

글쓴이 조선희
펴낸이 조선희
펴낸곳 도서출판 천수천안

등록 용인 제21호(1999. 12. 15)

경기도 용인시 처인구 김량장동 352-1
청광가든빌라 306호
전화 031-335-5763, 010-8571-4748
이메일 yeye4647@hanmail.net

ISBN 89-88367-23-0 03810
값 15,000원

작가의 고향을 찾아서

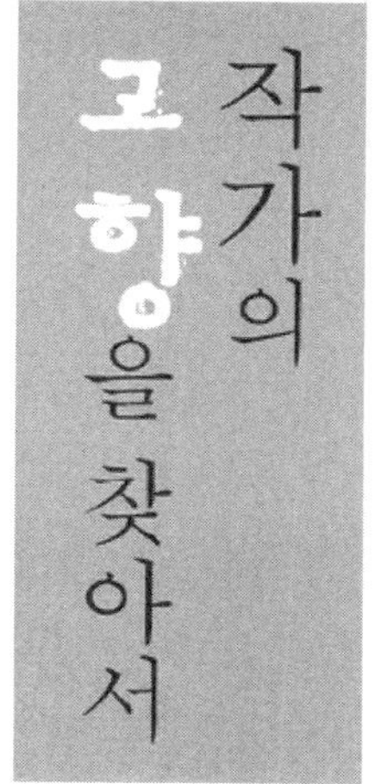

조선희 지음

도서출판 천수천안

머리말

지금도 어디론가 떠나고 싶다는 생각이 들면 고향바닷가가 먼저 떠오른다.

그때도 그랬다. 어느 월간지에서 매달 40매짜리 작품 한 편씩을 달라는 원고청탁을 받았을 때 나는 테마도 정하지 못한 상태에서 고향바다를 찾았다.

바닷가를 거니는데 물때가 밀물인지 들물인지를 몰라 나름대로 바위에서 찰랑거리는 물살에 눈금을 그어놓고 기다리는데 바위 위에서 게 한 마리 놀고 있었다.

고양이 세수를 하는 건지 아니면 먹이를 나르는지 두 집게발로 입가에 묻은 거품을 연신 닦아내며 분주하게 움직이는 녀석에게 시선을 고정시킨 채 망연해 있었는데 그때 문득 '게'를 노래한 한 시인의 시가 생각났다.

동해안의 작은 섬
갯바위 하얀 백사장
나 눈물에 젖어
게와 벗하였도다.

자살을 하려고 바닷가에 나갔다가 작은 바닷게 한 마리에 눈이 팔려 놀다가 죽을 마음도 잊었다는 고백 시다.

나는 그날 젊은 나이에 가난 때문에 결국 병마를 이기지 못해 요절한 그 불행했던 시인을 생각하면서 하루 종일 바닷가를 거닐다 지친 몸으로 밤기차를 타고 돌아오면서 작품 구상을 했고《쓸쓸한 기차를 타고 돌아간다네》를 완성했다.

그리곤 이미 가고 없는 시인들의 고향에 가보자는 생각을 했고 배낭을 메고 전국을 떠돌았다.

버스를 타고, 기차를 타고, 때로는 두 발로 발빠르게 경쾌하게, 더러는 풍전노숙하는 걸인처럼 너덜거리며 돌아와 고향이란 우리에게 무엇일까를 다시 한 번 생각해보면서 시인에게 두고 온 고향이 없었다면 어떻게 이 아름다운 시어들을 남길 수 있었겠는가 하는 생각을 새삼스럽게 하게 되었다.

그 후 연재를 마치고 작품을 정리해보니 작고시인들은 그저 있는 사실 그대로를 옮기는데 그쳤지만 가는 곳마다 길 위에 서있는 나를 만나는 날이 더 많았다는 것을 알았다.

그래서 실은 이 작품을 한데 묶게 되었는지도 모른다.

여기 언급한 시인들은 굳이 나까지 거들지 않아도 대대손손 살아남아 사랑을 받겠지만 나는 내가 아니면 누가 나를 사랑하겠는가

하는 나를 향한 연민이었다.

더불어 이글을 읽는 독자들도 다시 한 번 고향을 돌아보는 기회가 되리라 하는 바람도 함께 실었다.

2012년 3월

조 선 희

차례

머리말 4

기형도 그때 거기 있었습니까 10
박재삼 어쩌겠나 그냥 아득하면 되리라 21
김소월 초혼 30
윤동주 죽는 날까지 하늘을 우러러 41
이육사 광야에서 부르리라 52
박목월 구름에 달 가듯이 64
한하운 가도 가도 붉은 황톳길 76
피천득 영원한 5월의 소년 89
천상병 나 하늘로 돌아가리라 98
김춘수 내가 그의 이름을 불러 주기 전에는 108
조지훈 이 밤 자면 저 마을에 꽃은 지리라 118
김영랑 내 혼자 마음 날같이 아시리 131
정지용 그곳이 차마 꿈엔들 잊힐 리야 142

박인환 지금 그 사람 이름은 잊었지만 153
김병연 죽장에 삿갓 쓰고 방랑 삼천리 165
서정주 한 송이 국화꽃을 피우기 위해 176
조병화 나보다 더 외로운 사람에게 187
한용운 사랑하는 나의 님은 갔습니다 199
나혜석 나혜석 거리를 가다 212
유치환 사랑했으므로 행복하였네라 225
신동엽 껍데기만 가라 237
김수영 풀 249
김일엽 흰 구름은 정처가 없도다 256
최명희 혼불 268
이효석 달이 너무도 밝은 까닭에 277
다쿠보쿠 쓸쓸한 기차를 타고 돌아간다네 290

그때 거기 있었습니까

기형도

누군가의 삶의 궤적을 찾아 떠난다는 것은 어쩌면 자신의 삶을 되돌아 보는 계기가 되는 것일까.

젊은 나이에 이 세상을 훌쩍 떠나버린 기형도 시인을 찾아 광명시로 가는 길, 아주 오래전 시市가 아닌 광명리里라고 불렸던 그 시절에 이 길을 내가 걸어가고 있었다.

세월이 얼마나 흘렀는가, 어린 아들을 품에 쓸어안고 셋방을 구하러 다니던 젊은 엄마의 초조한 모습이 휙 하니 지나간다.

이 하늘아래 우리 세 식구 깃들일 방을 구할 수는 있을까.

근심과 두려움으로 가슴을 졸이며 발품을 팔다가 광명리 낡고 작은 아파트 베란다에서 하얀 빨래를 힘차게 털어 널고 있는 아낙을 보았고 나는 한참동안 그 자리를 떠나지 못했다.

내게도 저런 집이 있다면.

빈집

기형도 시인은 광명시에서 20년을 살았으니 얼마나 숱하게 이 길을 오가며 많은 시어들을 낚아 올렸을까.

그의 시 <빈집>이 그를 영원히 가둔 것은 아니었을까.

사랑을 잃고 나는 쓰네

잘 있거라, 짧았던 밤들아
창밖을 떠돌던 겨울 안개들아
아무것도 모르던 촛불들아, 잘 있거라
공포를 기다리던 흰 종이들아
망설임을 대신하던 눈물들아
잘있거라, 더 이상 내 것이 아닌 열망들아

장님처럼 나 이제 더듬거리며 문을 잠그네
가엾은 내 사랑 빈집에 갇혔네

기형도(1960-1989)는 아버지가 황해도 벽성군 가우면 국봉리에서 6·25를 만나 연평도로 피난와 살 때 태어났다.

연평도에서 태어났으나 아버지가 소망하던 고향으로 돌아가지 못하고 다섯 살 때 광명시 소하동으로 이사를 나와 68년 봄 아버지가 평생 처음 직접 지은 집에서 가족이 살게 된다.

부엌위 다락방은 아버지와 손위 형들이 모아들인 책으로 가득했으며 시인은 다섯 살에 한글을 깨쳐 어릴 때부터 누이들과 함께 독서를 많이 했다. 뜰에는 은행나무, 미루나무, 댑싸리, 철따라 장미, 해바라기, 해당화, 채송화가 피어나곤 했다.

이 집은 시인의 시에 자주 등장하듯이 외풍이 심한 <바람의 집>이자 <이 겨울의 어두운 창문> <바람은 그대 쪽으로> 종내에는 <빈집>으로 마무리된다.

엄마 걱정

69년 정초에 세배 온 동네사람들과 양주를 컵으로 마시던 아버지가 중풍으로 쓰러져 눕게 된다. 그 바람에 아버지 약값으로 전답이 남의 손으로 넘어갔으며 어머니 장옥순 씨가 생계일선에 나서고 누이들은 신문배달 등으로 가계를 도왔으며 어린 시인은 내성적인 생활을 해나간다.

그때의 모습이 훗날 <엄마 걱정>으로 태어난다.

열무 삼십 단을 이고
시장에 간 우리 엄마
안 오시네, 해는 시든지 오래
나는 찬밥처럼 방에 담겨
아무리 천천히 숙제를 해도
엄마 안 오시네, 배춧잎 같은
발소리 타박타박
안 들리네, 어둡고 무서워
금간 창틈으로 고요히 빗소리

빈방에 혼자 엎드려 훌쩍거리던

아주 먼 옛날
지금도 내 눈시울을 뜨겁게 하는
그 시절, 내 유년의 윗목

입속의 검은 잎

연세대를 졸업하고 84년 중앙일보 정치부기자로 입사, 85년 동아일보 신춘문예에 <안개>라는 시로 당선 등단하여 70-80년대 서민들의 가난한 삶과 시대적 아픔을 다양하게 시로 표현했으며 22세되던 82년 윤동주 문학상을 수상한다.

문학 이외에 음악에도 타고난 재능을 발휘하여 중앙고 재학시절 교내중창단 '목동'에서 바리톤으로 활동을 한 바 있으며 그 음악적 재능들을 발산할 수 있도록 누님이 대학시절 사준 기타가 보관되어 있다.

학교 다닐 때 받은 상장을 라면박스로 보관해야 할 정도로 많았다는 그는 천재로 태어난 탓일까, 젊은 나이에 요절했다.

평소에 "나는 뇌졸중으로 죽을지 몰라" 하면서 행동을 멈추고 멍하니 앉아 있다가 더러 두통약을 먹기도 했다지만 1989년 3월 7일 새벽 스물아홉의 나이에 심야 극장 후미진 객석에서 뇌졸중으로 홀로 죽음을 맞이할 줄 누군들 알았겠는가, 자신까지도.

첫 시집을 내려고 준비 중에 사망하여 이영준, 박해현, 원재길, 조병준, 성석제가 모여 유작시집을 내기로 하고 고인의 발표 시와 미발표 시 등을 모아 1989년 5월 유고시집 《입 속의 검은 잎》이 나온다.

택시 운전사는 어두운 창밖으로 몸을 내밀어/ 이따금 고함을 친다, 그때마다 새들이 날아간다/ 이곳은 처음 지나간 황혼과 벌판/ 나는 한 번도 만난 적이 없는 그를 생각한다/ 그 일이 터졌을 때 나는 먼 지방에 있었다/ 먼지의 방에서 책을 읽고 있었다/ 문을 열면 벌판에는 안개가 자욱했다/ 그해 여름 땅바닥은 책과 검은 잎들을 질질 끌고 다녔다/ 접힌 옷가지를 펼칠 때마다 흰 연기가 튀어나왔다/ 침묵은 하인에게 어울린다고 그는 썼다/ 나는 그의 얼굴을 한번 본적이 있다/ 신문에서였는데 고개를 조금 숙이고 있었다/ 그리고 그 일이 터졌다/ 얼마 후 그가 죽었다/ 그의 장례식은 거센 비바람으로 온통 번들거

렸다/ 죽은 그를 실은 차는 참을 수 없이 느릿느릿 나아갔다/ 사람들은 장례식 행렬에 악착같이 매달렸고/ 백색의 차량 가득 검은 잎들은 나부꼈다/ 나의 혀는 천천히 굳어갔다, 그의 어린 아들은/ 잎들의 포위를 견디다 못해 울음을 터뜨렸다/ 그해 여름 많은 사람들이 무더기로 없어졌고/ 놀란 자의 침묵 앞에 불쑥불쑥 나타났다/ 망자의 혀가 거리에 흘러넘쳤다/ 택시 운전사는 이따금 뒤를 돌아다 본다/ 나는 저 운전자를 믿지 못한다, 공포에 질려/ 나는 더듬거린다, 그는 죽은 사람이다/ 그 때문에 얼마나 많은 장례식들이 숨죽여야했던가/ 그렇다면 그는 누구인가, 내가 가는 곳은 어디인가/ 나는 더 이상 대답하지 않으면 안 된다, 어디서/ 그 일이 터질 지 아무도 모른다, 어디든지/ 가까운 지방으로 나는 가야 하는 것이다/ 이곳은 처음 지나는 벌판과 황혼/ 내 입 속에 악착같이 매달린 검은 잎이 나는 두렵다

시인의 흔적을 찾아

시인의 생가를 찾아 안양과 시흥, 그리고 광명을 뒤지고 다녔다. 생뚱맞게 왜 안양과 시흥을 떠올렸는지는 몰라도 내가 살았던

당시의 기억에 의하면 그때는 경계가 그렇게 분명하지 않았기 때문에 그만큼 생가를 찾기가 쉽지 않았다는 뜻도 된다.

안양시청에 문의했다가, 다시 광명시청 문화관광부에 전화를 하여 기형도 시인의 생가가 어디에 있느냐는 내 물음에 "기행도가 뭡니까?" 하고 오히려 내게 되물어온다.

'형도'를 '행도'로밖에 발음하지 못하는 내 혀 탓이기도 하지만 그 흔한 문학관이며 생가복원이 이루어져 있지 않을 정도로 지자체의 무심함 탓도 있으리라.

오래전에 집이 헐리고 공장이 들어섰다는 걸로 알고 있다는 부실한 얘기만 전화목소리로 듣는다.

그래도 어렵사리 들판에 홀로 적적하게 서 있는 생가 사진 한 장을 구할 수 있었지만 확실한지는 나도 잘 모른다.

집 뜰에 서 있는 나무들은 68년 당시 집을 지을 때 심었다는 은행나무며 미루나무라기에는 너무 왜소하고, 겨울풍경이라 그러한가, 올망졸망 피어난다는 꽃들의 자취도 없다. 그러나 그의 시에 등장하는 <바람의 집> <이 겨울의 어두운 창문>과는 잘 어울린다.

이 집에 살았던 남매들은 이 집을 빨강머리 앤 에 나오는 집 '그린 게이블즈'라고 좋아했다 하지만 어쩐지 저 '폭풍의 언덕'을 연상하는 집처럼 쓸쓸하고 삭막해 보이기만 하다. 어쨌든 광명시 철산동에 자리 잡은 실내체육관 뒤쪽서 쌍둥이 시비詩碑를 어렵사리 만나 기념촬영을 한 후 중앙도서관 독서실 입구 한 평쯤 차지한 간단한 약력 앞에서 시인을 만나 다소나마 회포를 푸는 것으로 위안을 삼았다.

광명시를 다녀온 뒷날 마침 내가 살고 있는 인근 도시 '안성 소재 천주교 수원교구 묘지'에 시인이 잠들어 있다하여 그를 찾아 나섰다.

엄청난 규모의 교구묘지라 묘지 위치를 알려주는 약도를 들고도 차를 몰아 돌고 돌아서 그를 찾을 수 있었다

준비해 간 노란 국화꽃 한 송이를 올려 놓고 참배를 하였다.

술 한 잔을 준비하지 못한 것을 아쉬워 했더니 누가 먼저 다녀 갔는가, 반 병짜리 소주병이 묘 앞에 얌전히 놓여 있어 비록 내가 준비해간 것은 아니지만 다행이다 싶어 묘지주변에 뿌려주면서 시인이 죽은 누이에게 바친 시 <가을무덤>을 생각해냈다.

누이야
네 파리한 얼굴에
철철 술을 부어주랴

시리도록 허연
이 영하의 가을에
망초꽃 이불 곱게 덮고
웬 잠이 그리도 길더냐

풀씨마저 피해 나는
푸석이는 이 자리에

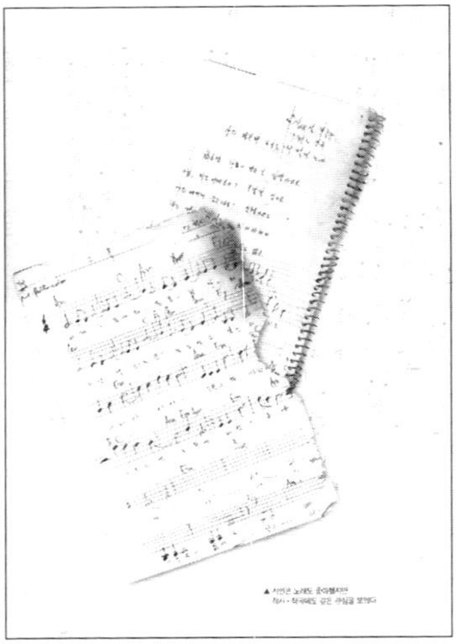

빛바랜 단발머리로 누워 있느냐

헝클어진 가슴 몇 조각 꺼내어
껄끄러운 네 뼈다귀와 악수를 하면
딱딱 부딪는 이빨 새로
어머님이 물려 주신 푸른 피가 배어나온다

중략
편안히 누운
내 누이야
네 파리한 얼굴에 술을 부으면

눈물처럼 뛰어오르는 술방울이
이 못난 영혼을 휘감고
온몸을 뒤흔드는 것이 어인 까닭이냐

내 어머니는 시인이시다

봄나들이겸 오랜만에 모시고 나온 구순의 내 어머니, 누구 묘냐고 하기에 그저 아는 시인이라고 하였더니 한말씀 하신다.

"같은 시인이라고 이 먼 곳까지 찾아오고 우리 딸 참 좋은 일한다."

"참 좋다, 참 좋다."
하신다.

기형도 유택 앞에서 천진한 구순의 어머니와 봄 햇살과 더불어 어슬렁거리다 내 어머니에게 시 한 수 바치고 돌아왔다.

내 어머니는 시인이시다/ 구순이 되셨는데도 열네 살 소녀 같다/ 좋은 詩 만나면 연필에 침발라 적으시며/ 늘 하시는 이야기/ 나 옛날에 동시 써서 선생님한테 칭찬 받았다/ 봄이 왔어요

들에는 꽃이 피고/ '벌 나비가 날아들어요'/ 언제나 술술 잊지도 않으신다/ 구순인 내 어머니는 아직도 청춘이시다 / 노인정엔 한사코 가시지 않고/ 들에 나가 쑥부쟁이, 씀박이 캐며 아지랑이와 놀다 오신다/ 구순인 내 어머니는 역사책이다/ 대동아 전쟁 때 살림살이 왜놈들한테 공출당하고/ 동족상잔 때는 피난살이 굽이굽이 맺힌 한도 많아/ 단숨에 소설책 몇 권을 엮으신다/ 그래서 내 어머니는 천생 시인이 될 수밖에 없었나보다

그때 거기 있었습니까

기형도, 그가 홀로 쓸쓸히 숨진 극장을 찾아 낙원동을 찾았다.

상가 2층으로 올라갔더니 상영 중인 영화제목이 첫 눈에 들어온다.

'그때 거기 있었습니까.'

그림 속에 베레 모를 쓴 남자가 크리스마스트리를 끌고 어디론가 가고 있다.

시인이여! 그대, 그때 거기 혼자 그렇게 있었습니까.

그렇게 갔습니까.

어쩌겠나 그냥 아득하면 되리라

박재삼

비가 내린다.

박재삼 시인을 만나러 삼천포 가는 길, 얼어있는 내 집 앞 골목길을 녹이며 비가 내린다.

겨울비가.

무심히 집을 나왔던 터라 그저 비를 맞으며 간다.

비가 오면
만정萬情같은 가시내야
네 집에 갈 수 없네
차마 우산도 없이

추적추적 내가 우는
속울음까지 듣지 못하리

—박재삼 <비오는 날> 일부

삼천포에 도착하니 언제 비가 왔냐는 듯이 활짝 개인 하늘아래 바다가 기쁜 듯 출렁이며 맞이한다.

박재삼, 그 고난의 세월에 저 바다가 없었다면 어떻게 그 아름다운 시어詩語를 탄생시킬 수 있었을 것이며 또한 박재삼이가 없었다면 어찌 삼천포가 시항詩港으로 널리 알려졌겠는가.

바다와 마주하고 서니 바다와 시인은 어쩌면 천생연분인지도 모른다는 생각이 새삼스럽게 든다.

나 또한 바다를 고향에 두고 온 사람이라 그 넉넉한 품과 그리고 저 혼자 끝없이 부서지고 또 부서지면서도 입을 굳게 닫는 그래서 안으로 안으로 들어가 저 홀로 또아리를 트는 고독을 모르지 않는다.

시인이 집 근처에 있는 노산공원에 올라 저 끝 간 데 없이 펼쳐진 바다를 바라보며 무엇을 애달파했으며 어떤 꿈을 꾸고 있었는가를, 그리고 누구에게도 말하지 못한 그 숱한 언어들을 얼마나 많이 저 바다에 쏟아놓았으며 또 바다는 고요하게, 더러는 출렁이며, 때로는 미친 듯 포효하며 그를 위로하며 달래 울었는가를, 그리고 반짝이고 있었는가를.

누님의 치맛살 곁에 앉아 누님의 슬픔을 나누지 못하는 심심한 때는/ 골목을 빠져나와 바닷가에 서자/ 비로소 가슴 울렁이고/ 눈에 눈물어리어/ 차라리 저 달빛 받아 반짝이는 밤바다의 質定할 수 없는/ 괴로운 꽃비늘을 닮아야하리/천하에 많은 할말이 天上의 많은 별들의 반짝임처럼/ 바다의 밤물결 되어

찬란해야 하리/ 아니 아파야 아파야 하리/ 이윽고 누님은 섬이 떠 있듯이 그렇게 잠들리/ 그때 나는 섬가에 부딪치는 물결처럼 누님의 치맛 살에 얼굴을 묻고/ 가늘고 먼 울음을 울음을/ 울음울리라

—박재삼 <밤바다> 전문

시인 박재삼

박재삼(1933-1997) 시인은 일본에서 태어났으나 4살 때 어머니의 고향인 삼천포로 돌아와 스무 살이 넘도록 살았다. 아버지는 지게꾼으로, 어머니는 광주리에 생선을 담아 행상을 하며 어렵게 살림을 이어나갔다. 그는 삼천포 초등학교를 1등으로 졸업했으나 집안 형편이 어려워 진학도 못하고 신문배달을 하다가 삼천포 여중 사환으로 있으면서 삼천포중학 야간부 학생으로 들어갔으며 삼천포 고등학교를 수석으로 졸업한다.

고등학교를 졸업한 이듬해 문예지 《문예》에 <강물>로 모윤숙님이 추천하였으며 1955년 《현대문학》에 <섭리>라는 시조로 유치환 님의 추천을 받았고, <정적>이란 詩로는 서정주 님한테 추천을 받아 문단에 데뷔한다.

《현대문학》 창간과 함께 편집사원으로 입사, 1963년까지 근무하면서 본격적인 창작활동과 문단생활을 하면서 고대 국문과에 입학했으나 3학년에서 중도포기를 한다. 그는 대학을 중퇴한 것은 문학하는데 대학졸업장이 꼭 필요한 것이 아니라는 말을 했지만 사실은 그 이유보다 등록금을 벌어서 댄다는 것이 더 힘들었다고 고백한다.

그의 일생은 가난과의 싸움으로 점철되어 있었을 뿐 아니라 35세에 고혈압으로 쓰러진 것을 시작으로 근 30년 동안 투병생활을 한다.

그가 말한다.

나는 까닭 없이 눈물을 흘리는 일이 흔했다. 나뭇잎을 보아도, 출렁이는 바다를 보아도, 학교 운동장에 쏟아지는 햇빛만 보아도 어처구니없을 정도로 눈물을 흘리는 도수가 잦았다. 그런 열아홉, 스무 살 적에는 산에 나무하고 오면서, 먼 들판 먼 강물을 보며 눈물을 글썽이곤 했던 것이다. 선병 질이란 나 같은 체질을 두고 한 말일까, 나이 들면서 차츰 깨닫거니와 내게 한限, 그것의 바닥을 이뤄온 것이 아닌가 한다. 앎앎이 말 못하고 속속들이 병드는 그런 한 말이다.

그 말 못하는 한이 몸에 병으로 왔을까.

종래는 만성신부전증과 고혈압, 동맥경화로 인한 욕창으로 고통

속에서 64세로 고난의 생을 마무리한다.

술과 담배를 즐기고 친구를 좋아하며 천성이 곱고 어질어 남의 어려움을 보아 넘기지 못해 그의 주머니는 일생 동안 가난했으나 영혼의 양식은 풍부하여 시집 열다섯 권에 수필집 열 권을 남겼다.

미당 서정주 님이 시인을 두고 "한을 가장 아름답게 성취한 시인"이라 일컬었듯이 "가장 슬픈 것은 가장 아름다운 것이다." 하고 노래하며 가난의 슬픔을 시리도록 아름다운 시어로 탄생시켜 우리의 서정시를 한 단계 올려놓았다고 평해진다.

그의 부모님은 또한 얼마나 가난했는지 이 한 편의 작품이 대변해 주고 있다.

초등학교를 나온 형이
화월여관 심부름꾼으로 있을 때
그 층층계 밑에
옹송그리고 얼마를 떨고 있으면
손님들이 먹다가 남은 음식을 싸서
나를 향해 몰래 던져주었다

집에 가면 엄마와 아빠
그리고 두 누이동생이
부황에 떠서 그래도 웃으면서
반가이 맞이했다

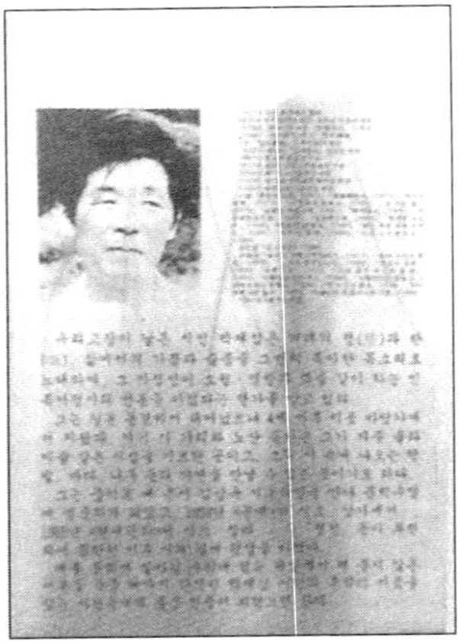

나는 맛있는 것을
많이많이 먹었다며
빤한 거짓말을 꾸미고
문득 뒷간에 가는 척
뜰에 나서면
바다위에는 달이 떴는데
내 눈물과 함께 안개에 어려 있었다.

노산공원에 오르니 <천년의 바람>이 시비로 서있고 공원 중앙에는 문학관이 서있다.

문학관을 들리고 공원을 한 바퀴 돌아 내려오니 시인이 어릴 때 바지락도 캐고, 꽃게도 잡고, 또 진지리라는 해초도 캐먹었다고 얘기한 물 빠진 바닷가 갯바위 위에는 여인네들이 굴을 따고 있다.

바위도 말이 없고 찰랑이는 물살도 말이 없지만 그는 이 바닷가를 서성이며 얼마나 울적한 심사를 노래했을까, 목소리 귓전에 맴돌고 있으리, 그저 말이 없을 뿐.

다만 '천 년 전의 바람'만이 괄포만을 바라보며 노산공원에서 노래하고 있다.

천 년 전에 하던 장난을
바람은 아직도 하고 있다

소나무 가지에 쉴 새 없이 와서는
간지러움을 주고 있는걸 보아라

아, 보아라 아직도 천 년 전의 되풀이다
그러므로 지치지 말 일이다.

사람아 사람아
이상한 것에까지 눈을 돌리고
탐을 내는 사람아

시인의 묘비가 있다는 대교공원으로 발길을 돌린다.

삼천포의 또 하나의 명물인 '창선 삼천포대교'는 삼천포와 창선도 사이 3개 섬을 연결하는 5개의 교량으로 전국에서 유일하게 해상국도(국도 3호)로 남아 있는 세계적으로 보기 드문 관광명소로 다섯 개(엉개교, 단항교, 늑도교, 초양교, 삼천포교)의 교량이 다리 박물관을 방불케 하는 장관을 연출한다. 1995년 2월 착공하여 2003년 4월 개통되었으며 공사비가 무려 1,830여억 원이 투입되었다.

그 다리 밑에 시민공원을 만들고 박재삼의 시비詩碑도 세웠다.

외투 자락을 날릴 정도로 바닷바람이 세차게 부는 공원에서 님의 <아득하면 되리라> 시비 앞에 선다.

해와 달, 별까지의
거리 말인가

어쩌겠나 그냥 아득하면 되리라

사랑하는 사람과
나의 거리도
자로 재지 못할 바엔
이 또한 아득하면 되리라

이것들이 다시
냉수사발 안에 떠서
어른어른 비쳐오는
그 이상을 나는 볼 수가 없어라

그리고 나는 이 냉수를
시방 갈증 때문에
마실밖에는 다른 작정은 없어라

그는 뭐가 그리 급했던지 이미 아득히 가고 없어 이 웅장하고 아름다운 다리의 완성을 보지 못했지만 그의 시비는 연연세세 이 자리를 지킬 것이다.

초혼

김소월

쓸쓸하고 쓸쓸하다.

가을바람이 부는 거리에 멍하니 서있으니 나를 두고 떠나는 님의 뒷모습을 속절없이 바라보는 듯 마음 둘 곳이 없다.

사랑하는 사람아/ 그대 떠나고 나면/ 어쩌지 못하는 이 허허로움/ 언제 내가 이 자리에 있었던가/ 이 세상에 존재하고 있었는가/ 눈 둘 곳이 없고/ 마음 둘 곳이 없다/ 햇살이 찬란하면 찬란할수록 깜깜하고/ 바람이 불면 불수록 굳게 입 닫는 적막/ 시간은 가던 걸음 멈추고/ 나는 꼼짝도 못한 채/ 앉아서, 서서 울고 있다.

분명 갑자기 불어온 심상한 가을바람 탓일 것이다.

어디로 갈까, 이 정처 없는 바람의 혼을 따라 어디론가 간다면 분명 세상 모든 번뇌를 불러들이는 몽환의 세계를 벗어날 곳을 찾을 수 있지 않을까.

내가 가장 사랑하는 시인, 상처받은 사랑도 가장 아름다운 언어

로 승화시킨 시인을 만나면 위로받을 수 있을까, 사랑의 상처를 끌어안은 순정한 처녀처럼 영원히 젊은 시인 김소월을 만나러 지하철을 타고 동국대 역으로 향한다.

저 넘을 수 없는 삼팔선을 넘어 곽산으로 들어갈 수 있다면 그를 더욱 가까이 만날 수 있으련만 그곳은 나 혼자 힘을 갈 수 없는 곳, 장충동 동국대 앞 '한국현대 문학관'에 가면 김소월을 단편적으로 만날 수 있다하여 찾아가는 길이다.

님이 뿌리는 진달래꽃을 사뿐사뿐 지르밟으며 돌아서 가는 길이 아니라 님을 맞이하려 나는야 간다.

나보기가 역겨워 가실 때에는
말없이 고히 보내 드리우리다

영변에 약산 진달래꽃
아름 따라 가실 길에 뿌리우리다

가시는 걸음걸음 놓인 그 꽃을
사뿐히 지르밟고 가시옵소서

나보기가 역겨워 가실 때에는
죽어도 아니 눈물 흘리우리다

—김소월 <진달래꽃>

시인은 정말 울지 않았을까.

눈물을 참는다는 것은 얼마나 힘들고 슬픈 일인가를, 또한 눈물을 흘리게 되면 그 눈물이 눈물을 불러 걷잡을 수 없는 슬픔의 늪에 빠져 빠져나오기가 힘들다는 것을 그는 이미 알고 있었을 것이다.

그러나 님을 떠나보낸 님은 눈물보다 더한 <초혼招魂>으로 절규한다.

산산이 부서진 이름이여!
허공중에 헤어진 이름이여!
불러도 주인 없는 이름이여!
부르다가 내가 죽을 이름이여!

심중에 남아 있는 말 한 마디는
끝끝내 마저하지 못하였구나
사랑하던 그 사람이여!
사랑하던 그 사람이여!

붉은 해는 서산마루에 걸리었다
사슴의 무리도 슬피 운다

떨어져 나가 앉은 산 위에서
나는 그대의 이름을 부르노라

설움에 겹도록 부르노라
설움에 겹도록 부르노라
부르는 소리는 비껴가지만
하늘과 땅사이가 너무나 넓구나

선 채로 이 자리에 돌이 되어도
부르다 내가 죽을 이름이여!
사랑하던 그 사람이여!
사랑하던 그 사람이여!

김소월

1902년 평안북도 구성에서 아버지 김성도와 어머니 장경숙 사이에서 태어났다.

2세 때 부친이 정주와 곽산 사이의 철도를 부설하던 일본인 목도꾼들에게 폭행당하여 정신병을 앓게 되어 이후 광산업을 하던 조부의 가르침을 받고 성장한다.

1909년 사립 남산학교에 입학, 1915년 졸업하고 오산학교 중학부에 입학 이때 교편을 잡고 있던 김억을 만나 큰 영향을 받는다.

1916년 결혼 1919년 오산학교가 한때 폐교되자 배재 고등보통학교 편입, 졸업 후 잠시 낙향하여 고향에서 한동안 아동교육에 종사한다.

1923년 일본 동경대학 상과대학 전문부에 입학하였으나 같은 해 9월 관동대지진이 발생하여 큰 혼란이 일자 학업을 중단하고 귀국하여 이후 4개월간 서울 청담동에서 유숙, 문우文友 나도향과 사귀며 1924년《영대》동인으로 활동, 1925년 시집《진달래꽃》을 펴낸다.

낙향후 조부가 경영하는 광산 일을 도왔으나 광산업이 실패, 가세가 크게 기울어 처가가 있던 구성군으로 이사한 후 동아일보지국을 개설, 경영에 나섰으나 실패하고 극심한 염세증에 빠진다. 그로 인해 작품 활동을 등한시하게 되었으며 생활고가 겹쳐 생에 대한 애착을 잃기 시작, 1934년 12월 24일 오전 8시 고향 곽산에서 아편을 먹고 음독자살한 모습으로 발견되었다. 사후 1939년에 김억이 엮은《소월시초素月詩抄》가, 1966년에 하동호, 백순재가 엮은《못 잊을 그 사람》이 발간된다.

1981년 '금관문화훈장'이 추서되었으며 서울 남산에 시비 '산유화'가 세워졌다.

산에는 꽃이 피네 꽃이 피네
갈 봄 여름 없이 꽃이 피네

산에 산에
피는 꽃은 저만큼 혼자서 피어있네

산에서 우는 작은 새요 꽃이 좋아
산에서 사노라네

산에는 꽃이 지네 꽃이 지네
갈 봄 여름 없이 꽃이 지네

임따라 갈까 보다

한국 현대 문학관에 도착하니 마침 '한국 시의 밤'이 열리고 있다.

한국의 시인들과 주한 중남미 대사들이 어울려 시를 낭송하는 행사다.

나는 초대받지 않은 사람이라 식이 진행되기 전 한 바퀴 전시실을 돌면서 역대 작가들을 만나고 김소월 초상화 앞에서 사진을 찍은 후 뒤편으로 물러나 시 낭송을 듣는다.

자리를 뜨고 싶었지만 뒤이어 판소리 춘향가가 있다하여 남아 있었다.

시낭송 1부가 끝나고 드디어 북소리가 울리고 한 손에 부채를 든 소리꾼이 도포자락을 날리며 들어선다.

춘향가 중에서 '갈까 부다' 대목이다.

갈까 보다 갈까부다/ 임 따라서 갈까부다/ 천리라도 따라가고/ 만 리라도 갈까부다/ 바람도 쉬여 넘고, 구름도 쉬여 넘는,/ 수지니, 날지니, 해동청, 보라매/ 다 쉬여 넘는 동설령 고개라도/ 임따라 갈까부다/하늘의 직녀성은 은하수가 막혔어도/ 일 년 일도 보련마는/ 우리 님 계신 곳은 무슨 물이 막혔길래/ 이다지도 못 보는고/ 이제라도 어서 죽어 삼월 동풍 연자되여/ 임 계신 처마 끝에 집을 짓고 노니다가/ 밤중이면 임을 만나 만단정회를 하고 지고

창자를 끌어올리듯 뽑아내는 소리는 듣는 이의 마음을 흔들고 오지 않는 님을 기다리는 여인의 애절한 모습이 절로 연상되어 쓸쓸한 마음을 달래려 집을 나왔다가 되려 목이 메고 말았다.

갈까부다, 갈까부다, 임따라서, 갈까부다, 천 리라도 따라가고, 만 리라도 갈까부다. 라고 애절하게 소망하면서도 차마 떠나지 못하는 님은 이제라도 어서 죽어 님 계신 곳을 가고자 소망한다.

죽어 혼백이 되면 정녕 님을 만나 회포를 풀 수 있을까.

어느 누구도 알 수 없는 피안의 세계, 그러나 내 한 목숨 바쳐서라도 님을 만나고자 하는 간절함이 배어 있다.

언제나 떠나는 님보다 남는 님이 서럽다.

떠나는 님의 등을 속절없이 바라보고 있어야하는 님은 붙잡지도 못한다.

오래전 일이다.

어쩌면 그도 나에게 님이었고 그에게도 내가 님이었는지는 모른다. 먼 길 떠난다고 인사차 온 그를 터미널 근처 찻집에서 만나고 석양 무렵 헤어졌다.

그때도 가을이었나 보다.

내가 착용했던 갈색 바바리와 갈색 모자를 기억하고 있기 때문이다. 아니 내가 기억하고 있었던 것이 아니라 그가 훗날 말해 주어서 그날 내가 무슨 옷을 입었는지 알 수 있었다.

버스터미널에서 내가 먼저 등을 보이고 돌아섰으니 그가 뒤에서 지켜보고 있었을 것이다

그러기에 석양을 받으며 걸어가는 내 뒷모습이 너무나 쓸쓸해

보여 그가 버스 타는 걸 그만 두고 그 밤에 몇십 리 길을 걸어걸어 목적지로 갔다고 말하지 않았겠는가.

그러나 지금 생각해보면 돌아가는 내 모습이 쓸쓸해 보인 것이 아니라 그 뒷모습을 바라봐야 했던 그가 쓸쓸했던 것이 아니었을까.

오랜 세월이 지난 지금도 그 생각을 하면 가슴이 시리다.

그는 혼자 그 낯선 밤길을 걸으면서 얼마나 쓸쓸했을까.

그렇다면 왜 붙들지 않았을까.

그러나 붙잡을 수 없음을 나도 이미 익히 알고 있다.

나또한 간절히 붙잡고 싶으나 붙잡지 못하고 떠나보낸 적이 어디 한두 번인가.

그저 꼼짝도 못하고 그 자리에 서서 눈을 크게 뜨고 하늘을 올려다봤을 뿐이다.

내가 울까봐.

소월 길

남산에 있는 김소월 시비를 찾아 소월 길을 들어선다.

이제 막 단풍이 들기 시작한 은행잎이 포도에 뒹굴고 남산 도서관 옆 낮은 산자락에 소월 시비가 가을 가뭄끝에 내리는 단비를 맞고 저 홀로 고즈넉이 서있다.

시인은 가고 시만 남아 나 같은 사람을 여기까지 불러들이는 힘을 지니고 있지만 이미 죽은 사람에게 무슨 의미가 있을까.

새삼스럽게 인생무상을 생각하게 하고 살아 있는 오늘 하루가 얼마나 소중한가를 깨닫게 한다.

사랑도 살아생전 할 수 있는 일이니 내 스스로 부끄러움 없는 사랑이라 생각한다면 애달피 울며 한탄할 것이 아니라 원 없이 사랑하면 될 것이다.

소월도 이루지 못한 애절한 사랑 때문에 목숨을 재촉하지는 않았을까. 부질없는 생각을 하며 소월 길을 걸으면서 그의 시 <길>을 생각한다.

어제도 하룻밤
나그네 집에
까마귀 까악 까악 울며 새었소

오늘은
또 몇십 리
어디로 갈까

산으로 올라갈까
들로 갈까
오라는 곳이 없어 나는 못 가오

여보소 공중에
저 기러기
공중에 길 있어서 잘가는가?

여보소 공중에
저 기러기
열십자 복판에 내가 섰소

갈래갈래 갈린 길
길이라도
내게 바이 갈 길은 하나 없오

은행잎을 밟으며 돌아간다.

수없는 사람들이 오고간 길을 나도 간다.

그러나 언젠가 어느 지점쯤에서 내 발걸음도 멎게 될 것이다.

그때까지 가고자 하는 곳을 향하여 햇살 쏟아지는 거리를 내 두 발로 걸어 갈 수 있다는 것은 축복이다.

오늘 하루를 원 없이 사랑할 수 있다면.

죽는 날까지 하늘을 우러러

윤동주

죽는 날까지 하늘을 우러러
한 점 부끄러움이 없기를
잎새에 이는 바람에도
나는 괴로워했다
별을 노래하는 마음으로
모든 죽어가는 것을 사랑해야지
그리고 나한테 주어진 길을
걸어가야겠다

오늘 밤에도 별은 바람에 스치운다

—윤동주 <서시>

연세대 캠퍼스

하늘과 바람과 별의 시인, 윤동주 기념실을 찾아 연세대로 가는 길, 하늘이 잔뜩 내려앉아있다. 지하철 신촌역에 내려 2번 출구를 빠져나가 한참 걸었더니 연세대 캠퍼스가 눈에 들어오고 독수리가 활짝 날갯짓을 하며 반긴다.

아, "하늘을 우러러 한 점 부끄러움이 없기를" 입 속에서 님의 시가 절로 나오고 님이 감옥에서 가졌을 고통과 슬픔이 망령처럼 내게로 옮겨와 가슴이 뻐근하도록 아프다.

님은 나라 잃은 설움을 노래하면서 이 길을 걸었으리라, 나도 발걸음을 내려다보며 생각에 잠긴다.

캠퍼스는 고색이 창연하다.

담쟁이 넝쿨이 감싸고 있는 건물은 오랜 역사를 말해주고 그 아래를 지나가는 학생들의 활기찬 모습들 속에서 님의 환상을 본 듯 님의 생각이 줄곧 따라온다.

아니 앞장서 가며 그의 시비詩碑 앞으로 인도하고 그가 묵었던 기숙사로 안내한다.

준비해간 장미꽃 한 송이로 시비 앞에서 묵념을 올리는데 님의 눈물인가, 굵은 빗방울이 뚝뚝 떨어지고 혹여 내가 그를 불렀는가, 님의 목소리가 들리는 듯하다.

거 나를 부르는 것이 누구요

가랑잎 이파리 푸르러 나오는 그늘인데
나 아직 여기 호흡이 남아 있소

한 번도 손 흔들어 보지 못한 나를
손 흔들어 표할 하늘도 없는 나를

어디에 내 한 몸 둘 하늘이 있어
나를 부르는 것이요

일을 마치고 내 죽는 날 아침에는
서럽지도 않은 가랑잎이 떨어질 텐데…

나를 부르지 마오

—윤동주 <무서운 시간>

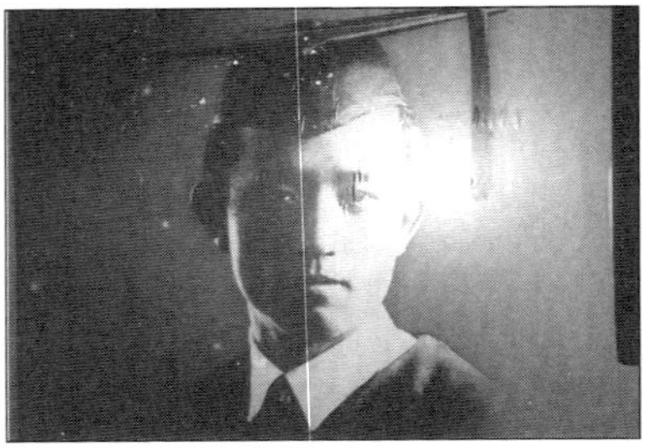 

윤동주는 전쟁말기 일제의 단발마적 현상의 하나인 생체 실험 '모르모트'로 이 세상을 떠났다.

아들의 부음을 받고 일본 형무소로 간 아버지 윤영석은 아직 그 때까지 살아 있던 송몽규를 면회한다.(송몽규는 윤동주의 고종사촌으로 연희전문학교의 동기생이며 같이 동경유학을 떠났다가 같이 투옥돼 있었다.)

윤동주 아버지의 눈앞에는 푸른 죄수복을 입은 한국 청년들이 50여명 복도에 죽 서 있었는데 시약실 앞에서 주사를 맞고 있었다고 했다

그때가 마지막이 된 송몽규와의 면회시 피골이 상접하고 정신도 흐릿한 듯한 송몽규를 보고 왜 그러냐고 물었더니 "저놈들이 주사를 맞으라고 해서 맞았더니 이 모양이 되었고 동주도 이 모양으로…." 하며 말끝을 제대로 맺지 못했다.

그들이 겪어야했던 절망적인 처절함이 한 번 더 가슴을 울린다.

그로부터 한 달도 채 안되어 아들 송몽규의 사망소식을 받은 송몽규의 아버지는 일본 화장터에서 아들의 뼈가 절구질로 부서질 때 뼛가루가 튀자 "내가 왜 몽규의 뼛가루 한 점이라도 이 원수의 땅

에 남기겠냐"며 뼛가루가 튄 흙까지 다 쓸어 모아 함께 북간도에서 장사지냈다.

송몽규도 문학에 뜻을 두어 중학시절에 동아일보에 콩트가 당선되는 등, 시詩를 썼으나 지금까지 남아있는 시는 단 한 편으로 1943년 6월에 발행된 연희전문 <문우회지>에 그의 아명인 '꿈별'로 발표한 <하늘과 더불어>라는 작품이다.

하늘/ 얽히어 나와 함께 슬픈 조각하늘/ 그래도 네게서 온 하늘을/ 알 수 있어 알 수 있어./ 푸름이 깃들고/ 태양이 지나고/ 구름이 흐르고/달이 엿보고/ 별이 미소하여/ 너하고만은 너하고만은/ 아득히 사라진 얘기를/ 되풀고 싶다/오오 하늘아/ 모든 것이/ 흘러 흘러갔단다/ 꿈보다도 허전히 흘러갔단다/ 괴로운 사념들만 뿌려 주고/ 미련도 없이 고요히 고요히/ 이 가슴엔 의욕의 잔재만/ 쓰디쓴 추억의 반추만 남아/ 그 언덕을/ 나는 되씹으며 운단다/ 그러나/ 연인이 없어 고독스럽지 않아도/ 고향을 잃어 향수스럽지 않아도/ 인제는 오직/ 하늘 속에 내 맘을 잠그고 싶고/ 내 맘 속에 하늘을 간직하고 싶어/ 미풍이 웃는 아침을 기원하련다/ 그 아침에/ 너와 더불어 노래 부르기를/ 가만히 기원하련다.

시인 윤동주

윤동주는 간도에서 1917년 아버지 윤영석과 어머니 김용의 맏아들로 태어나 명동소학교를 나왔으며 용정에서 송몽규, 문익환과 함께 은진중학교에 입학한다.

1934년 18세 때 시작활동을 시작하여 <삶과 죽음>, <초한대>, <내일은 없다> 등의 시를 쓴다.

36년 가톨릭 소년지에 동시 <병아리> <빗자루> 등의 시 작품을 발표하였고 연이어 작품을 수 없이 쓰고 발표한다.

20세 때 신사참배 강요에 대한 저항으로 숭실중학교를 자퇴한다.

숭실중학교를 자퇴하게 된 동기를 훗날 문익환 목사가 말한다.

숭실중학교에 대한 일제의 신사참배강요는 민족감정과 기독교 신앙을 한꺼번에 짓밟는 사건이었다. 동주와 나는 서로의 심정을 묻지 않았다. 묻지 않아도 다 아는 듯 우리는 말없이 짐을 꾸려가지고 북간도로 돌아가고 말았다

21세 때 광명중학교 졸업반인 5학년으로 진급, 그 다음해 연희전문학교 문과에 입학 기숙사에 들어갔으나 2학년 때는 기숙사를 나와 북아현동 서소문 등지에서 하숙생활을 한때 했지만 다시 기숙사로 돌아온다.

연전 4년을 졸업하던 해 졸업 기념으로 자선시집《하늘과 바람과 별과 시》라는 시집을 출간하려 했으나 실패하고 1942년 동경입교대학 영문과에 입학했다가 경도 동지대 영문학과로 전입학을 한다.

그때 동경으로 가기 위해 창씨개명을 할 수밖에 없었던 그는 참담한 심정을 <참회록>이라는 시詩로써 남긴다.

파란 녹이 낀 구리 거울 속에
내 얼굴이 남아있는 것은
어느 王朝의 유물이기에
이다지도 욕될까

나는 나의 참회의 글을 한 줄에 줄이자
만 이십사 년 일 개월을
무슨 기쁨으로 바라 살아왔던가

내일이나 모레나 그 어느 즐거운 날에
나는 또 한 줄의 참회록을 써야 한다
그때 그 젊은 나이에
왜 그런 부끄런 고백을 했던가

밤이면 밤마다 나의 거울을
손바닥으로 발바닥으로 닦아보자

그러면 어느 隕石 밑으로 홀로 걸어가는
슬픈 사람의 뒷모양이
거울 속에 나타나 온다.

하기 방학 때 간도 용정의 고향집을 다녀간 것이 마지막으로 1943년 7월 14일 학기를 마치고 귀향길에 오르기 전 송몽규와 함께 사상범으로 일경에게 체포되어 경도 카모가와 경찰서에 구금된다.

동경유학중 썼던 많은 작품과 일기가 압수되었으며 취조 형사의 요구에 의해 일어로 번역되고 경도지방의 재판소에서 '독립운동'이라는 죄목으로 2년형을 언도받아 후쿠오카 형무소에 수감되었다.

1945년 2월 16일 조국 해방을 불과 6개월 앞두고 형무소에서 옥

사했으며 송명규도 이어 3월 10일에 옥사한다.

3월초 간도 용정에 유해가 묻혔으며 '시인 윤동주 묘'라는 시비가 세워졌다.

1947년 정지용, 안병욱, 이양하, 정병욱 등 30여 명의 시인들이 윤동주 2기 추도식을 가졌으며 그가 살아생전 이루지 못했던 시집 《하늘과 바람과 별과 시》를 '정음사'에서 간행하였다. 그후로도 유고시집이 나온다.

1968년 연세대학교 학생회와 문단, 친지 등이 모금한 성금으로 기숙사 앞에 시비가 건립되는데 윤동주의 친동생 윤일주가 설계하고 윤동주의 육필로 쓴 <서시>가 확대되어 새겨져 있다.

윤동주 기념실

기념전시실인 기숙사 건물로 발걸음을 옮기니 기숙사 외벽에 '핀슨 홀과 윤동주'라는 동판이 붙어 있다.

님의 기념실이 있는 이 건물은 연희전문학교 창립 초기에 공이 큰 미국 남감리교 총무 핀슨 박사를 기념하기 위해 핀슨홀로 명명되었다.

1922년 학생기숙사로 준공되었으며 1938년 연희전문학교 문과에 입학한 윤동주는 이 기숙사 3층 다락방에서 생활하며 사색하고 고뇌하며 시 쓰기에 전념하였다.

지금은 법인 사무처 건물로 쓰이고 있으며 님을 기리는 뜻에서 2층 한 칸에 기념실을 만들어 일반인에게 공개하고 있다.

두어 평쯤 될까.

소박한 전시실이다.

기념실 입구에 연희전문학교에 들어와서 처음 썼다는 <새로운 길>이라는 시가 걸려있다.

내를 건너서 숲으로
고개를 넘어서 마을로

어제도 가고 오늘도 갈
나의 길 새로운 길

민들레가 피고 까치가 날고
아가씨가 지나고 바람이 일고

나의 길은 언제나 새로운 길
오늘도…. 내일도.

내를 건너서 숲으로
고개를 넘어서 마을로

님의 창작실을 재현한 책상과 초상화, 유리 진열장 속의 수막새 기와, 이 기와는 윤동주 생가의 기와로 중앙의 태극문양에 무궁화 등 여러 괘가 둘러있어 집안의 애국심을 엿볼 수 있다. 가족사진과 학교 친구들, 잘생기고 수려한 청년이, 또는 동안의 미소년이 금방이라도 웃으며 걸어 나올 듯 정겹다.

저토록 선하고 아름다운 눈매를 가진 사람이 그 같은 고초를 어떻게 견디어 냈을까를 생각하니 가슴이 막막하다.

할아버지, 아버지, 어머니, 소학교, 중학교, 연희전문에서 친구들과 찍은 사진들이 있다.

지금은 종로구 청운동에 윤동주 시인의 언덕이 있고 윤동주 문학관이 2010년 12월에 개관되어 많은 자료들이 옮겨져 전시되어 있다.

그의 벗 정병욱은 <잊지 못할 윤동주>에서 이렇게 말한다.

그는 모자를 비스듬히 쓰는 일도 없었고, 교복의 단추를 기울이게 다는 일도 없었다.

양복바지의 무릎이 튀어나오는 일도 없었고, 신발은 언제나 깨끗했다. 거기에다 바람이 불어도, 눈비가 휘갈겨도 요동하지 않는 태산처럼 믿음직하고 씩씩한 기상을 지니고 있었다.

그는 이 세상에서 살기에는 너무 맑고 곧지 않았을까

별 하나에 추억과
별 하나에 사랑과
별 하나에 쓸쓸함과
별 하나에 憧憬과
별 하나에 詩와
별 하나에 어머니, 어머니,

—윤동주 <별헤는 밤> 일부

오늘밤에도 별은 바람에 스치운다.

광야에서 부르리라

이육사

시인 이육사의 고향 안동은 유교문화의 본고장이며 전통문화 유산이 풍부한 문화의 고장이다.

의義와 예禮를 중시하며 대쪽같이 꼿꼿한 절개로 학문과 풍류를 즐겼던 옛 선비들의 생활과 정신이 그대로 배어 있다.

대학자인 퇴계 이황을 비롯하여 서애 유성룡 등 명현이 배출되었으며 학문의 전당이었던 향교와 서원이 발달한 선비의 본향으로 현재도 26개소의 서원이 있다.

이를 바탕으로 안동은 이름 높은 교육도시이자 현대 한국 정신문화의 토대를 마련한 뿌리가 되었으며 속칭 양반고장으로도 불리어진다.

8월, 시인이자 항일 운동가였던 이육사를 만나러 안동으로 가는 길.

그가 돌아오는가, 힘찬 말발굽 소리인 듯 굵은 소낙비가 사정없이 차창을 두드린다.

까마득한 날에
하늘이 처음 열리고
어데 닭 우는 소리 들렸으랴

모든 山脈들이
바다를 戀慕해 휘달릴 때도
차마 이곳을 범하던 못하였으리라

끊임없는 光陰을
부지런한 季節이 피어선 지고
큰 江물이 비로서 길을 열었다

지금 눈 내리고
梅花香氣 홀로 아득하니
내 여기 가난한 노래의 씨앗을 뿌려라

다시 千古의 뒤에
백마 타고 오는 超人이 되어
이 曠野에서 목 놓아 부르리.

—이육사 <광야>

원록 이육사(1904-1944)는 경북 안동시 도산면 원촌리에서 이태계의 14대손으로 전통유학자인 아은亞隱 이가호李家鎬를 아버지로 5형제의

둘째로 태어났다.

열다섯 살 때인 1919년, 조부가 연 예안의 보문의숙에서 한학과 신학문을 공부하던 중 예안 만세사건을 목도하고 그의 세상 보는 눈은 민족의식으로 눈뜨게 되면서 투사의 길로 들어서게 된다. 도산공립보통학교를 졸업하였으며 1921년 결혼 후 백학학원에서 수학하고 9개월간 교편을 잡았다.

북경과 남경에 머물면서 독립운동을 하다가 의열단에서 설립한 조선혁명군사정치간부학교에 1기생으로 입교 6개월 과정을 마쳤다. 1927년 조선은행 대구지점 폭파사건에 연루되어 참담한 고문 끝에 대구형무소에서 영어의 몸이 되어 2년6개월간의 옥고를 치렀다. 그 때 수인번호 264를 따서 호를 육사陸史로 지었으며 1933년 가을《신조선》지에 시 <황혼>을 발표하면서 시인으로서 두각을 나타낸 이

후 총 39편의 시를 남겼다.

내 골방의 커튼을 걷고
정성된 마음으로 황혼을 맞아드리노니
바다의 흰 갈매기들 같이도
인간은 얼마나 외로운 것이냐

황혼아 네 부드러운 손을 힘껏 내밀라
내 뜨거운 입술을 맘대로 맞추어 보련다
그리고 네 품안에 안긴 모든 것에
나의 입술을 보내게 해다오

저 十二星座의 반짝이는 별들에게도
종소리 저문 森林속 그윽한 수녀들에게도
씨멘트 장판우 그 많은 수인囚人들에게도
의지가지없는 그들의 心臟이 얼마나 떨고 있는가.

고비사막을 걸어가는 낙타탄 行商隊에게나
아프리카 녹음속 활 쏘는 토인들에게라도
황혼아 네 부드러운 품안에 안기는 동안이라도
지구의 반쪽만을 나의 타는 입술에 맡겨다오

내 오월의 골방이 아늑도 하니
황혼아 내일도 또 저— 푸른 커—텐을 걷게 하겠지

暗暗히 사라진 시냇물 소리 같아서
한번 식어지면 다시는 돌아 올 줄 모르나보다

그는 절망적인 일제 식민지에서 민족혼이 살아있음을 죽는 날까지 온몸으로 말한 저항시인이자 탁월한 예술시인으로 40세의 짧은 생을 살면서 십여 차례나 일제에게 피검, 투옥되는 등 참혹한 고통 속에서 시달리다가 끝내 이국 땅 북경주재 일본영사관 감옥에서 순국하였다.

광복을 한 해 앞두고 차가운 감방 시멘트 바닥에서 절명하였으니 실로 원통하고 안타깝기 짝이 없다하겠다.

부석사에서 하룻밤을

이육사를 만나기 위해 안동으로 가는 날 영주 부석사로 가는 지인들이 함께 하자는 연락을 해 왔다. 초행길이라 어쩔까 교통편을 고민하던 중이라 기꺼이 그들을 따라 나섰다.

아름다운 고찰 부석사로 들어왔으니 그저 무심코 지나칠 수 없다는 생각에 일행들은 모두 문경새재로 떠나고 혼자 부석사에 남았다.

비오는 산사라.

숲속에 내리는 초록의 빗줄기, 비상을 꿈꾸는 대웅전 처마를 타고 흘러내리는 낙숫물, 풍경을 두드리는 청아한 빗소리, 사찰내 여기 저기 숨은 듯, 수줍은 듯 피어 있는 접시꽃, 나리꽃, 도라지꽃,

나팔꽃에 내려앉는 빗방울. 얼마나 아름답고 고즈넉한가.

하룻밤 쉬어가기를 원하는 속인에게 흔쾌히 방을 내준 스님께 삼배三拜를 올리고 사찰 포행 길을 나서니 평안하고 행복하다.

부석사는 신라 문무왕 16년에 해동 화엄종의 종조인 의상대사가 왕명으로 창건한 화엄종의 수사찰로 안동 봉정사의 극락전과 함께 우리나라에서 가장 오래된 목조건물인 무량수전을 비롯하여 3층 석탑, 석등, 소조불좌상, 조사당 벽화 등, 보물이 산재해 있으며 부석사를 창건한 의상대사와 당나라 선묘낭자에 대한 설화도 전해져 내려오고 있다.

의상이 당나라에서 공부할 때 불자였던 선묘낭자가 그를 오랫동안 흠모하였다. 그러던 중 의상대사가 신라로 귀국한다는 소식을 듣고 항구로 달려갔으나 배는 이미 떠나고 있어 그를 따라갈 수 없음에 슬퍼하며 자신을 용이 되게 해달라고 마음속 기원을 하며 황해바다에 몸을 던졌다. 용이 된 선묘낭자는 의상대사의 귀국길을 풍랑으로부터 보호하였으며 부석사 창건시도 도력을 발휘하여 무사히 불사를 마칠 수 있도록 도와주었다. 그 후 선묘낭자는 바위가 되어 땅에 내려앉았다하여 부석사라 불리어지게 되었다.

부석사에는 선묘낭자와 관련된 부석, 선묘각, 선묘정, 석등이 있다.

5시 30분 저녁 공양시간.

절집 밥은 채식이라 소박하고 검소하지만 잡맛이 없이 그 재료가 지니고 있는 본디의 맛을 즐길 수 있어 언제 만나도 반짝 반갑다.

감자와 호박 두부를 넣은 된장국에 세 가지 나물과 김치. 감탄사를 연발하며 오랜만에 호사를 하고 공양 간을 나서니 황금빛 고양이 한 마리가 아기가 보채듯 처량하게 울면서 내게 다가온다.

머리를 쓰다듬어 주었더니 얼굴을 내 몸에 비비며 막무가내로 안겨든다.

아, 이 녀석도 정이 그리웠구나.

승방 마루 끝에 앉아 녀석을 무릎에 앉히고 녀석과 함께 망중한 속으로 빠져든 시간이 얼마나 되었을까, 저녁 예불을 알리는 북소리가 울려 퍼진다.

사찰에서 가장 그리운 시간으로 기억되는 소중한 순간이다.

카메라를 들고 북을 두드리는 스님의 장삼자락에 따라 붙는 신바람에 초점을 맞춘다.

북이 울리고 목어, 운판, 범종이 차례대로 울려 퍼진다.

법당에 고요히 앉아 세상 밖으로 퍼져나가는 종소리를 간단없이 들을 수 있다는 것은 축복이다.

드디어 종소리가 멈추고 스님들의 청아한 독경이 법당 안을 가득 채운다.

스님들의 티 없이 맑은 표정과 가느린 체구에서 수행의 청빈함을 엿볼 수 있어 기쁘면서도 싸한 느낌을 어쩔 수 없다.

부디 성불하십시오.

스님들을 위해 기도를 바친다.

저녁예불도 끝나고 밤은 깊어 빗소리를 자장가 삼아 잠을 청한다.

이육사 문학관

부석사에서 같이 묵은 외교관 부부의 호의로 안동까지는 수월하게 왔으나 이육사 문학관 가는 길은 그렇게 쉽지가 않다.

안동터미널에서 문학관까지는 한 시간 거리에 있으며 차편도 하루에 세 번뿐이라 택시를 대절할 수밖에 없었다. 요즘 건강이 원활치 못한 탓인지 낮은 차를 타고 구불구불한 시골길을 달리니 어지럽고 멀미가 난다.

원촌리, 님의 생가는 댐공사로 물에 잠기고 생가를 그대로 복원한 모형과 이육사 박물관이 조촐하게 객을 반긴다.

2004년 님의 탄생 100주년을 맞아 개관한 문학관이 자리한 곳은 그가 태어난 고향마을이라는 점에 의의를 두었겠지만 어쩐지 너무 외지고 한적하다는 생각을 지울 수 없다.

사진 두 장을 찍고 나니 자동필름 되감기는 소리가 난다.

어제 부석사에서 38매짜리 필름을 새로 넣은 기억만하고 부석사에서 사진을 많이 찍은 것은 생각지 못한 탓인 것 같다(빗속이라 그러했는지 북치는 스님의 모습을 여러 컷 담았지만 단 한 장도 현상이 되지 않아 너무나 안타까웠다).

이 일을 어쩌나 난감하기 짝이 없다.

필름을 사려면 여기서 10킬로미터 지점에 있는 도산서원까지 가야한다 하여 택시기사한테 부탁하여 필름을 사다 넣었으나 이건 또 무슨 일인가, 작동이 안 된다.

구식 자동카메라로 흔히 구할 수 없는 배터리가 다 된 모양이었다.

이 일을 어쩔 것인가.

먼 길을 마다않고 달려오는 것은 직접 보고 느끼는 것도 중요하지만 비록 사진에는 아마추어지만 내 손으로 직접 찍어야 한다는 나름대로의 사명감 때문인 것을. 몸은 젖은 솜처럼 무겁고 신경은 곤두서 할 말을 잃는다. 미리 점검을 하지 않고 떠나온데 대한 응분의 대가다.

택시를 타고 다시 안동으로 나오면서 다시 들어갈 것인가, 이쯤에서 포기할 것인가를 놓고 전전긍긍하다가 그냥 돌아갈 수 없다는 생각을 굳히고는 사진관에 들러 배터리를 구해 넣고 사람도 충전을 해야할 것 같아 편의점에서 컵라면으로 요기를 한 후 버스를 타고 문학관으로 되짚어 갔더니 영문을 모르는 직원이 또 왔느냐고 반색을 한다.

유배지에 버려진 사람같다는 생각이 들어 식사는 어떻게 하느냐고 물었더니 도시락을 싸온다고 한다.

20분 후면 다시 되돌아 나오는 버스를 타야한다기에 마음은 마냥 바쁜데 저만치 길 아래 청포도 시비가 있다고 직원이 굳이 알려주어 달려가 님의 시비 앞에 섰다.

내 고장 7월은
청포도 익어가는 시절

이 마을 전설이 주절이주절이 열리고
먼데 하늘이 꿈꾸며 알알이 들어와 박혀

하늘밑 푸른 바다가 가슴을 열고
흰 돛 단 배가 곱게 밀려서 오면

내가 바라는 손님은 고달픈
몸으로 청포를 입고 찾아온다고 했으니

내 그를 맞아 이 포도를 따먹으면

두 손을 함뿍 적셔도 좋으련만
아이야 우리 식탁엔 은쟁반에
하이얀 모시 수건을 마련해두렴

문학관 안으로 들어가 님의 옥중 모습과 육필 원고, 그리고 책, 영상실, 등 다양한 님의 발자취를 둘러보고 야외로 나오니 님이 반석위에 고즈넉이 앉아 먼 길 오느라 고생했다며 잠깐 쉬어 가라고 권한다.

님 옆에 나란히 앉아 시비에 새겨진 <절정>을 보면서 님의 고단한 삶의 편린을 주워본다.

매운 계절의 채찍에 갈기
마침내 북방으로 휩쓸려 오다

하늘도 그만 지쳐 끝난 고원
서릿발 칼날진 그 위에 서다

어데다 무릎을 꿇어야하나
한 발 재겨 디딜 곳조차 없다

이러매 눈감아 생각해 볼 밖에
겨울은 강철로 된 무지갠가 보다

님의 형제들 원기, 원유, 원조, 원창 등과 같이 정답게 살았던 생가모형 두 동이 육우당六友堂이라는 현판을 머리에 이고 정갈하게 앉아 있고, 뜰 앞 청포도 샘에는 맑은 물이 쉼 없이 흘러내린다.

문학관 뒤편 산등성이를 올라가면 낙동강이 훤히 내려다보이는 곳에 님의 묘소가 있다지만 시간상 아쉬움을 뒤로하고 돌아온 버스를 타고 안동으로 향하는데 친절한 문학관 직원이 기차길옆 오막살이 외로운 소녀처럼 오랫동안 손을 흔든다.

이정표처럼.

박목월

구름에 달 가듯이

시인 박목월의 흔적을 찾아 경주로 가는 길.

청보리밭이 펼쳐진다.

버스에서 내려 할 일 없이 보리밭 길을 걸을 수 있다면 하는 한가한 생각을 잠깐 해 본다. 목적을 가지고 여행을 하다보면 시간에 쫓기고 기다리는데 발이 묶이면서 끄달리게 되어 심상할 때가 많다.

그저 세상살이 다 내려놓고 박목월님의 시 <나그네>처럼 구름에 달 가듯이 무심히 흘러갈 수 있다면 산다는 일이 보다 더 아름답고 여유롭지 않을까 싶다.

강나루 건너서
밀밭 길을

구름에 달 가듯이
가는 나그네

길은 외줄기
남도 삼백 리

술 익는 마을마다
타는 저녁놀

구름에 달 가듯이
가는 나그네

경주에 도착하니 잔뜩 흐려있던 날씨가 바람이 불면서 빗발이 날리고 흐릿한 시야 속으로 기와집과 고분들이 차창밖에 펼쳐진다.

누가 그랬던가, 경주는 지붕이 없는 박물관이라고.

경주는 신라 천년의 수도다. 기원전 57년에 일어나 서기 935년 경순왕을 끝으로 총 56대 992년에 걸쳐 존재한 한국에서 가장 오래

된 고도古都로, 과거와 현재가 살을 섞으며 살고 있다는 느낌을 강하게 받았을 정도로 시가지 전체가 온통 유물이요, 문화유적지다.

그런 만큼 경주는 중·고등학교 수학여행의 필수코스이기도 해서 우리나라 사람이면 대부분 신라 천년의 역사를 모르는 사람이 없을 테니 바람처럼 왔다가 가는 나그네가 굳이 소개하느라 진땀을 흘릴 필요가 없는 것이 또한 경주이기도 하다.

시인 박목월

박목월(1916-1978)의 본명은 영종泳鍾으로 경주 건천읍 모량리에서 부친 박준필의 4남매 중 맏이로 태어났다.

건천 보통학교와 계성중학교를 졸업했다.

계성중학교 3학년 때 개벽사에서 발행하는 잡지《어린이》에 동시 <통딱딱 통딱딱>이 윤석중에 의해 뽑혔고, 같은 해에 동요 <제비맞이>가《신가정지》에 당선되었다. 이후 많은 동시를 썼으며 본격시인으로는 정지용의 추천으로《문장》지에 <길처럼> <연륜> 등을 발표하여 데뷔한다.

1946년 김동리, 서정주 등과 함께 조선문학가협회 결성 상임위원직을 역임했으며 1948년 서울대학교 강사, 1950년 이화여자대학교 교사취임,《시 문학》편집 발행, 1973년 시전문지《심상心象》을 펴낸다.

아시아자유문학상, 대한민국문화예술상 본상, 서울시예술상, 국민훈장 모란장 등 많은 상을 수상하였다.

1962년 한양대학교 교수로 들어가 1976년 문리대학 학장에 취임

한다.

여담이지만 한양대학교에 님의 시비가 있다 하여 찾아갔으나 내가 만나 본 몇몇 학생들은 박목월 시비가 있다는 사실조차도 알지 못해 시비를 찾아 한참을 헤매야 했다.

혹시 박목월이 누군지 알고는 있는지 하는 의아심마저 들었으나 이 생각은 어디까지나 내 노파심이려니 생각한다.

시인의 고향집은 터만 있을 뿐, 새 주인이 그곳에 창고를 지어 사용하고 있어 남루하기 비할 데 없고 창고 앞에 박목월 생가 터라는 표지판만 있어 찾아든 이를 쓸쓸하게 한다.

박목월은 자신의 고향 건천리에 관해 한 편의 시를 남겨 놓았다.

건천은 고향/ 역에 내리자/ 눈길이 산으로 먼저 간다/ 아버님과 아우님이 잠드는 선산/ 거리에는 아는 집보다 모르는 집이 더 많고/ 간혹 낯익은 얼굴은 너무 늙었다/ 우리 집 감나무는 몰라보게 컸고/ 친구의 손자가 할아버지의 심부름을 전한다/ 눈에 익은 것은 아버님이 거처하시던 방/ 아우님이 걸터앉았던 마루/ 내일은 어머니를 모시고 성묘를 가야겠다/ 종일 눈길이 그쪽으로만 가는 산/ 누구의 얼굴보다 친한 그 산에 구름/ 그 산을 적시는 구름 그림자

만년에 살았던 용산구 원효로 집도 경매로 넘어가 다세대 주택을 짓느라 헐렸다.

서울시는 뒤늦게 근대 문화유산을 보존하겠다며 목월의 집을 찾았지만 이미 늦어 '박목월 선생이 사셨던 집입니다.' 하고 표지판을 남기기로 했다.

아사달 사랑탑

신라 천년의 역사를 대표하는 불국사 앞에 당도하니 때 아닌 비바람에 절정을 이루고 있던 벚꽃이 꽃비가 되어 내리고 불국사 정문건너편 목월 문학관 앞에는 자목련과 백목연이 활짝 피어있어 님의 시 <4월의 노래> "목련꽃 그늘 아래서 베르테르의 편질 읽노라"가 절로 흥에 겨워한다.

문학관 진입로인 아름다운 아치형 다리를 건너 문학관 뜰로 들어서니 아사달과 아사녀를 기리는 '사랑탑'이 먼저 눈에 들어온다.

이들에 관한 설화가 애달프다.

김대성이 불국사를 짓기 시작하면서 당시 가장 뛰어난 석공이라 알려진 백제의 후손 아사달을 불러 탑 제작을 맡긴다.

한 해, 두 해, 남편을 기다리며 그리움을 달래던 아사녀가 불국사로 찾아왔으나 탑을 완성하기까지는 아녀자를 들일 수 없다는 금기 때문에 남편을 만나지 못하고 헤매자 탑이 완성되면 저 못에 탑의 그림자가 비칠 것이니 그때가 되면 남편을 만날 수 있을 것이라는 스님의 말에 아사녀는 못가에서 날마다 그림자가 비치기만을 학수고대하다가 기다림에 지쳐 못에 몸을 던지고 만다.

탑을 완성한 아사달이 못으로 달려갔으나 아사녀의 모습은 보이지 않고 그녀의 환영만 못에 어른거려 그도 못 속으로 뛰어들었다는 얘기다.

그 후 사람들은 못을 '영지'라 하고 그림자를 비추지 않은 석가탑을 '무영탑'이라 불렀다는 얘기다.

그런데 문학관 뜰에 왜 '아사달 사랑탑'을 세웠을까? 고개를 갸웃하는데 박목월에 관한 사랑얘기가 떠오른다.

박목월은 나이 마흔에 처자식을 거느린 가장으로서 한 여대생을 사랑하게 된다.

여대생의 열렬한 구애에 처음엔 친구를 시켜 말려도 보고 멀리하려고 애썼으나 사랑하는 것이 무슨 죄냐며 다가오는 그녀를 결국 사랑하게 되어 둘이서 제주도로 내려가 함께 있게 된다.

이 사실을 안 목월의 부인이 제주도로 찾아가 그들에게 한복 한 벌씩과 생활비로 금일봉을 전하고 온 후 몇 개월 지나지 않아 이들의 동거는 끝이 나고 목월은 서울로 돌아온다.

그때 목월이 쓴 시가 가곡으로 널리 애창되고 있는 <이별의 노

래>라고 알려지고 있다.

기러기 울어 예는 하늘 구만리
바람이 싸늘불어 가을은 깊었네

아아 아아
너도 가고 나도 가야지

한낮이 끝나면 밤이 오듯이
우리에 사랑도 저물었네

아아 아아
너도 가고 나도 가야지

산촌에 눈이 쌓인 어느 날 밤에
촛불을 밝혀두고 홀로 울리라

아아 아아
너도 가고 나도 가야지

경우가 어떻게 되었던 가슴 아픈 사랑과 이별의 슬픔이 있었기에 아름다운 시가 태어났을 것이다.

追慕의 밤

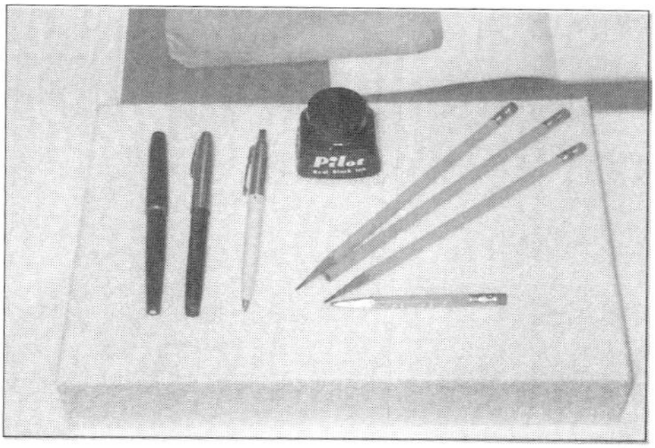
Pilot

목월 문학관

목월 문학관을 찾아왔는데 문학관은 '동리, 목월 문학관'이라는 이름을 달고 있다.

한국문학의 거목인 김동리도 경주 출신이라 한 건물에 같이 지으면서 현관에 들어서면 오른쪽은 박목월, 외편은 김동리 문학 전시실로 구성해 놓았다.

나이도 비슷하며 같이 문학을 논하고 같은 시기에 한국의 문단을 대표하던 분들이 사후에도 이렇게 한 공간에서 마주하고 있으니 외롭지 않을 거라는 생각도 해본다.

전시실로 들어간다.

박목월의 시가 그의 육성에 실려 조용조용 흘러나오고 미소 짓는 님의 흉상 뒤편 <구름에 달 가듯이 가는 나그네>라는 서예작품이 눈길을 끈다. 75년 5월 박목월이라 되어있고 낙관이 찍혀있다. 글 잘 쓰는 문학가라 하였듯이 구름에 달 가듯이 부드럽고 아름답다.

님이 애용했던 문방사우며 생시 착용하던 장갑, 문갑, 사진, 서재에는 책과 양복, 구두 등이 있어 생존 당시의 흔적을 보여주고 있지만 떠난 님은 말이 없다.

속절없음이다.

벽에 걸려 있는 님의 시 <청노루> 앞에서 발걸음을 멈춘다.

머언산 청운사
낡은 기와집

산은 자하산
봄 눈 녹으면

느릅나무 속ㅅ잎
피어가는 열두 구비를

청노루
맑은 눈에

도는
구름

뒤따라 들어온 해설사가 자신이 가장 좋아하는 사진이라며 나를 이끌어 님의 대형사진 앞에 세운다.

기념 촬영을 한 후 김동리 문학 전시실 앞에서 잠깐 발걸음을 멈췄다가 돌아나와 불국사 앞에 선다.

불국사

토함산에 자리 잡은 불국사는 신라 경덕왕 10년(751)에 당시 재상이었던 김대성이 돌아가신 부모를 기리기 위해 짓기 시작하여 혜공왕 10년(774)에 완성하였다. 그러나 조선 선조 26년(1593)에 왜군의 침략으로 대부분의 건물이 불타고 극락전, 자하문, 범영루 등의 일부 건물만이 그 명맥을 이어오다가 1969년에서 1973년에 걸쳐 발굴 조

사뒤 복원하였다.

경내에는 통일신라시대에 만들어진 다보탑과 석가탑이 있고 극락전으로 오르는 연화 칠보교가 국보로 지정 보존되어 있다. 비로전에 모신 금동비로자나 불좌상과 극락전에 모신 금동 아미타 여래좌상을 비롯하여 많은 문화유산이 그 가치를 인정받아 1995년 12월에 석굴암과 함께 세계문화유산에 등록되었다.

'세계유산 불국사'라는 돌탑이 먼저 반기고 불국사 정문 앞에는 수문장 같은 남정네 세 사람이 기세 좋게 서서 맞이한다.

경내로 들어가려다 입장료가 사천 원이라 하여 그만 돌아섰다. 입장료가 너무 과하다는 생각을 했기 때문이다.

그저 돌아서는 아쉬운 마음을 님의 시 <불국사>로 위로해 본다.

흰 달빛/ 자하문/ 달안개/ 물소리/ 대웅전/ 큰 보살/ 바람소리/ 솔 소리/ 범영루/ 뜬 구름/ 흐는히/ 젖는데/ 흰 달빛/ 자하문/ 바람 소리/ 물소리.

한하운

가도 가도 붉은 황톳길

뭐라 표현할 길 없는 무기력함 속에 빠져 있다.

이 정체는 무엇일까.

두 손 두 발이 정지된 채 마음까지 미동도 하지 않는다.

스스로에게 자문을 구한다.

분명 무언가를 잃어버린 상실감일 것이다.

그럼 무엇을 잃어버린 걸까.

그리움인가 희망인가.

아니면 절망할 일도 없는 이 무상함인가.

봄의 시작에서 끝나는 이 시점까지 의미 없음으로 귀결되고 손끝 하나 마음자락 하나 움직이려하지 않는 육신을 이끌고 천형의 시인 한하운 님의 흔적을 쫓아 '전라도 가는 길'로 발걸음을 옮겨본다.

무겁다.

집을 나서면 내 발걸음보다 앞서 달려가던 그 신바람은 다 어디로 갔는가.

그래도 언뜻 언뜻 실낱같은 그 무엇이 샛바람처럼 가슴을 후비고 지나가는 걸 보면 살아 있음이리라.

전라도 길

문둥이 시인 한하운이 보리피리를 불며 석양을 안고 걸어갔던 그 인환의 거리를 나는 기차를 타고 버스를 타고 간다.

가도 가도 붉은 황톳길
숨 막히는 더위뿐이더라

낯선 친구 만나면
우리들 문둥이끼리 반갑다

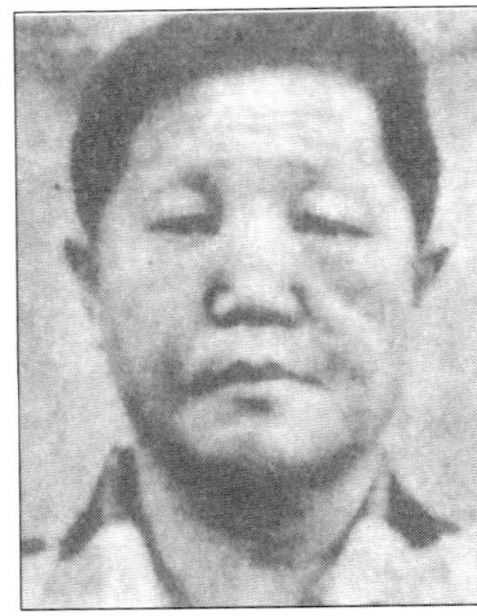

천안 삼거리를 지나도
수세미 같은 해는 서산에 남는데

가도 가도 붉은 황톳길
숨 막히는 더위 속으로 쩔름거리며
가는 길

신을 벗으면
버드나무 밑에서 지까다비를 벗으면
발가락이 또 한 개 없다

앞으로 남은 두 개의 발가락이 잘릴 때까지
가도 가도 천 리, 먼 전라도길

시작詩作의 십 년 고절은 나로 하여금 문둥이 된 것을 비관하지 않게 하여 주었다. 인간의 조건은 육체적 문제보다도 정신적인 것이 우위에 있다는 것이 시작 수도에서 느낀 체험이다. 나는 시를 씀으로써 구원받을 수 있고 지금 나는 행복하기만 하다.

천형이라고 일컬어지는 문둥병을 앓으면서 인간으로서 가장 비참한 밑바닥 생활을 살았지만 좌절하지 않고 시인으로서 확고한 자리를 차지한 것은 삶의 치열함이 시인에게 준 선물이라고 볼 때 그는 한편으로는 정말 행복했으리라 믿어지는 것은 요즈음 내일상의 무기력함이 주는 교훈이라는 생각이 든다.

시인 한하운

한하운 시인의 본명은 태영으로 1920년 함경남도 함주군 동천면 쌍봉리에서 부유한 집안의 장손으로 태어났다.

1936년 중학교 5학년 때 나병이란 진단을 받고 투병을 시작한다.

일본에서 고등학교 3년을 마쳤으며 1943년 중국의 북경대학 농학원 축산학과를 졸업한 뒤 귀국하여 함경남도 도청에서 근무하다가 1945년 나병이 악화되어 그만둔다.

1946년 함흥 학생사건에 연루되어 반동분자로 투옥된 바 있고 그 후 공산치하를 피해 월남하여 한동안 유랑생활을 하면서 거리에서 시詩를 팔아 연명하다가 1949년 시인 이병철의 도움으로 《신천지》에 시 <전라도길> 외 12편을 발표하여 등단한다.

나병으로 인한 고통과 슬픔을 노래하여 문단의 주목을 받았고 1949년 명동 성당 방공호에 은신하며 첫 시집 《한하운시초》를 펴낸 후 문둥이 시인으로 널리 알려진다.

그 후 1950년에 성혜원, 1952년에 신명보육원을 설립 운영하는 한편 1953년 한센 연맹위원장으로 있으면서 나병환자들을 위한 많은 일을 한다.

1960년에는 일생을 괴롭히던 나병이 음성이라는 진단을 받게 되고 명동에 '무하문화사'라는 출판사 간판을 내걸었으며 1962년에는 <나의 슬픈 반생기>가 <황톳길>로 미국공보원에서 영화화했다.

1966년 신안농업기술 학교 교장 및 한국사회복귀협회 회장을 맡는다. 1975년 2월 자신의 나병도 완치하고 나환제 구제운동에 헌신

하다가 사망하였다.

위의 약력을 보면 비록 세상에서 버림받은 나환자였지만 일반세상사에서도 많은 활동을 하고 인정을 받으면서 살았다고 볼 수 있다 .

그러나 그의 일대기는 고난의 연속과 고통으로 점철돼있어 환자가 아닌, 또는 시인이 아닌, 한 생명이 잡초처럼 살아낸 불굴의 의지와 끈질긴 생명력을 느낄 수 있어 전율하지 않을 수 없다.

소록도

님이 절망과 싸우며 걸어갔던 고난의 길을 간다.

앞으로 남은 두 개의 발가락이 잘릴 때까지 가도 가도 천릿길이라고 노래했던 전라도 길을 님의 <보리피리>를 앞세워 소록도 가는 길을 간다.

보리피리 불며
봄 언덕
고향 그리워
필 —ㄹ 닐리리

보리피리 불며
인환의 거리
인간사 그리워
피 — ㄹ 닐리리

보리피리 불며
방랑의 幾山河
눈물의 언덕을 지나
피 ― ㄹ 닐리리

녹동항에 도착하니 소록도로 들어가는 관광객을 태우고 온 버스들이 줄지어 서 있고 연락선은 바로 눈앞 1분 20초 거리에 있는 소록도를 쉴 새 없이 오간다.

헤엄을 쳐서 건너갈 수도 있는 지척인 거리에 소록도는 아기사슴모양세를 하고 얌전히 앉아 있지만 한센인들에게는 한 번 건너가면 다시는 돌아 나오지 못할 통한의 수용소였다는 생각을 해 보면 무엇이든 겉으로 보여지는 것으로는 다 알 수 없다는 것을 새삼 생각하게 한다.

소록도는 한센병(일명 나병)환자를 위한 국립소록도병원이 있는 곳이다.

지금은 한센병에 대한 연구가 이루어져 전염성이 매우 낮고 치료가 가능한 병임이 밝혀졌지만 일제강점기 조선총독부는 치료가 불가능하고 전염성이 높아 격리가 필요하다고 생각하여 찾아낸 곳이 육지와 가깝고 물자수송이 용이한 소록도였다.

1919년 이곳에 자혜병원을 세우고 99명을 격리하였으며 그 후 소록도 전체에 모든 한센병 환자를 수용하기로 하고 전국 한센병 환자를 강제 모집하여 해방 후 6254명이 수용되기도 했다.

소록도 중앙공원에 오르니 관광객들이 붐빈다.

공원 곳곳에는 환자들이 아픔을 간직한 역사기념물 등이 보관돼 있어 그 당시의 실상을 대변해 주고 있다.

환자들이 부부의 연을 맺거나 출감하는 날에 강제로 정관수술을 시행했던 감금실과 죽은 자를 해부했던 검사실이 있으며 이곳 생활을 가장 잘 보여주는 수탄장이라 불리는 장소가 있다.

그곳은 직원지대와 병사지대로 나뉘는 경계선으로 1950-1960년대에는 철조망이 쳐져 있었다.

병원에서는 전염병을 우려하여 환자 자녀들을 직원지대에 있는 미감아 보육소에 격리하여 생활하게 하였으며 병사지대의 부모와는 이 경계선 도로에서 한 달에 한번 면회가 허용되었다.

이때 미감아들과 부모는 도로 양옆으로 갈라선 채 일정한 거리를 두고 눈으로만 혈육을 만나야 했는데 이 광경을 본 사람들이 탄식의 장소라는 의미로 '수탄장'이라고 불렀다.

아무리 땅을 파고 또 파도 돌 하나 나오지 않고 황토 흙뿐이었다는 이곳에 육지에서 돌을 배로 운반해 오다가 목숨을 잃기도 하면서 가꿨다는 공원은 아름다운 만큼 한센인들의 피땀과 희생도 많았다는 것을 실감나게 해 준다.

세계 최고의 나환자 요양시설로 만들겠다는 그 당시 수호원장은 원생들을 노예처럼 부리고 자신의 동상을 세워 참배까지 하게 했으나 지금은 동상이 있던 자리에 개원 40주년을 기념하는 비석이 세워져 있다.

수호원장은 원생들을 동원하여 매년 140만 장의 벽돌을 만들 수 있는 공장을 짓고 요양시설과 일주도로를 만들었다.

그로인한 원생들의 불만이 폭발하여 원장은 원생의 칼에 찔려 숨지는 사건이 발생하였으며 나환자들과 직원들 간의 반목과 불화로 불행한 일이 자주 발생하여 쌍방 간 희생이 많았다. 한번은 원생들이 직원들에게 구타당한 일로 인해 양쪽이 극렬하게 대치한 위기 상황에서 그 당시 소록도에 머물고 있던 한하운 시인의 중재로 극적인 타결점을 찾기도 했다. 시인이 1948년 여름에 소록도로 갔다가 1949년 봄에 다시 육지로 나왔다 했으니 짧은 거주기간이었지만 한센인들에게는 한하운에 대한 의미가 크게 남아 있어 그들의

손으로 한하운의 <보리피리> 시비를 제작하여 중앙공원에 고요히 눕혀 놓았다

이제 편히 쉬라는 듯

시인의 여인들

시인에게는 사랑하는 여인들이 몇 명 등장한다.

첫사랑은 죽을 때까지 목메어 부르던 여인으로 같은 고향 후배로 중학교 때 만나 일본 유학시절에도 사랑을 나눴으며 시인이 나병에 걸려 집에 몰래 숨어 투병할 때도 현해탄을 건너가 약을 구해올 정도로 극진한 간호와 사랑으로 결혼식은 올리지 않았으나 시인의 부모님 상까지 치른 여인이다.

시인이 인민군들한테 끌려가면서 헤어진 후 생사조차 알길 없이 다시 만나지 못한다.

두 번째 여인은 시인이 한의학이 발달한 중국에서 치료도 할겸 중국으로 건너가 북경대학 다닐 때 만나게 된 의대생으로 하운을 사랑했으며 그가 문둥병 환자인 걸 밝히며 한사코 그녀를 거절하자 그래도 사랑한다며 시인과 하룻밤을 지낸 후 음독자살을 한다.

또 한 여인은 성혜원 시절 만난 여대생으로 궁지에 처한 자신을 구해 준 시인을 좋아하며 따랐으나 사랑을 이루지 못하고 훗날 수녀가 되어 호스피스 생활을 하며 소록도에서 봉사활동을 하다가 필리핀으로 떠났으며 시인의 시비 건립에 숨은 공로자이기도 하다.

1973년 한하운은 자신의 시비제막식 초청장을 받고 소록도로 들어갔다가 그녀와 헤어진 지 20여 년만에 소록도에서 그녀의 사진과 그가 그녀에게 준 이별장 <리라꽃 던지고>를 만나게 된다.

P양/ 몇 차례나 뜨거운 편지 받았습니다/ 어쩔 줄 모르는 충격에/ 외로워지기만 합니다/ 양이 보내주신 사진은, 얼굴은/ 오월의 아카시아꽃 청초로/ 침울한 내 병실에 구원의 마스콧트로 반겨줍니다/ 눈물처럼 아름다운 양의 청정무구한 사랑이/ 회색에 포기한 나의 사랑의 창문을 열었습니다/ 그러나 의학을 전공하는 양에게/ 이 너무나도 또렷한 문둥이 병리학은/ 모두가 부조리한 것 같고/ 이 세상에서 안 될 일이라 하겠습니다/ P양/ 울음이 터집니다/ 앞을 바라볼 수 없는 이 사랑을 아끼는/ 울음을 곱게 그칩시다/ 그리고 차라리 아름답게 잊도록/ 덧없는 노래를 엮으며/ 마음이 가도록 그 노래를/ 눈물 삼키며 부릅시다/ G선의 엘레지가 비탄하는/ 덧없는 노래를 다시 엮으며/ 이별이 괴로운 되로/ 리라꽃 던지고 노래 부릅시다.

1975년 하운은 공금횡령, 그밖의 다른 비행혐의로 수사당국에 잡혀가 심한 고문을 당한 후유증과 간경화가 악화되어 57세의 일기로 숨을 거둔다.

숨진 그의 베게 밑에서 눈물이 번진 마지막 유고작 <연주님>을 발견한다.

얼마나 얼마나
기다려야 하는가
이 세상이 끝나는 날까지
기다려야 하는가

못 견디게 그리웁기에
한시도 잊을 길 없어
구름 위 상상봉에 올라

하늘 아득히
님오시는 길이라도 보고 싶어

꽃 피는 날인가
기러기 오는 날인가

비오는 밤
눈 오는 밤을 가리지 않고

사랑한다는 것은
이렇게 청승스러운 것인지
눈물인들 울음인들 어찌하랴

한평생 기다리는
하늘보다 높은 사랑이여
연주戀主님이여

통한의 수용소 소록도에는 지금 웅장한 다리가 놓여 누구든지 언제든지 들어갔다 나올 수 있는 교두보가 되었다.

시인도 지금쯤은 이미 그가 원하던 파랑새가 되어 훨훨 자유롭게 날아다니고 있을 것이다.

영원한 5월의 소년

피천득

피천득 하면 소년 같은 천진한 동안과 <인연>이라는 작품을 떠올리게 된다.

잠실 롯데 백화점 3층 민속관 '저자거리'에 친구들과 식사를 하러 갔다가 마주하고 있는 피천득 기념관을 우연히 만나 그저 막연하게만 알고 있던 피천득과 거리를 좁히게 되었다.

피천득 기념관

피천득은 1910년 서울에서 태어나 98세 생일을 며칠 앞둔 2007년 5월에 세상을 떠났다. 1937년 중국 상하이에 있는 후장대학 영문과를 졸업했으며 일제강점기 때는 경성중앙산업학원 교사로 근무했고 해방직후 경성대학 예과 교수를 거쳐 1946-74년에는 서울대학교 교수로 재직했다.

1954년 미국 국무부 초청으로 하버드대학교에서 영문학을 공부하기도 했다. 1930년《신동아》에 시 <서정소고>와 1932년《동광》에 <소곡>을 발표해 등단했으며 사상과 관념을 배제하고 아름다운 정조와 서정을 읊었는데 첫 시집《서정시집》에는 동심과 자연을 노래한 시가 상당수 실려 있다. 그의 시집으로는《금아 시문선》《산호와 진주》《삶의 노래 내가 사랑한 시, 내가 사랑한 시인》《생명》《꽃씨와 도둑》등이 있고 그밖에도 번역시집과 영문판 시, 수필집이 있다.

수필집으로는《금아 문선》과《인연》등이 있으며 대한민국문화예술상, 은관문화훈장, 인촌상 문학부문상을 수상했다. 그의 문학세계는 시보다 오히려 수필을 통해 더 알려져 국민수필가로 불릴 정도로 수필을 통해 문학적 진수를 드러내는데 "수필은 청자靑瓷연적

이다. 수필은 난蘭이요 학鶴이요 청초하고 몸맵시 날렵한 여인"이라며 은유법을 구가한 수필형식으로 쓴 수필론 <수필>은 <인연>과 함께 대표작으로 꼽힌다. 이 두 작품은 <플루트 플레이어>와 함께 교과서에 실리기도 하여 그의 작품은 많은 사람들에게 고루 사랑을 받고 있다.

그의 대표작 <인연>은 일본서 만난 아사코라고 하는 한 소녀의 이야기다.

아사코와의 만남과 이별을 소재로 한 것으로 학창시절 교과서에 실린 이 작품을 읽고 자란 세대들에게는 설렘과 안타까움을 주는 첫 사랑의 대명사가 되기도 했다.

피천득이 열일곱 되던 해 일본 하숙집 주인의 어린 딸을 만나게 된다. 아사코는 그때 소학교 일학년이었으며 꽃을 꺾어다 그의 꽃병에 꽂아주기도 한 귀여운 소녀로, 그가 동경을 떠나던 날 피천득의 목을 안고 뺨에 입을 맞추고 제가 쓰던 작은 손수건과 반지를 이별의 선물로 준다. 그 후 십수 년이 흐른 후 다시 일본을 건너갔을 때는 대학생이 된 아사코를 만나 학교교정을 산책하며 밤새워 버지니아울프의 이야기를 나눈다. 그 후 또 십 년이 지난 1954년 미국가던 길에 동경에 들러 그를 찾았을 때는 진주군 장교와 결혼한 아사코를 만나게 된다. 그 세 번의 만남을 인연이라는 작품으로 탄생시켰는데 그는 작품말미에 세 번째 만남은 아니 만났어야 좋았을 것이다, 라고 했다.

소설 같은 이야기를 수필로 담담하게 풀어나가고 있지만 애틋한 정감이 묻어나는 작품이라 할 수 있겠다.

그의 시 <연가>를 보면 그의 수필 <인연>을 연상시킨다.

훗날 잊혀지면
생각하지 아니 하리라

이따금 생각나면
잊으려도 아니 하리라

어느 날 문득 생각나면
잘 사노라 하리라

훗날 잊혀지면
잊은 대로 살리라

이따금 생각나면
생각나는 대로 살리라

어느 날 문득 만나지면
웃으며 지나치리라

피천득 기념관에 들어서면 그의 천진한 모습과 아름답고 순수한 글들을 단편적으로나마 만나볼 수 있다.

특히 어머니와 딸 서영이를 그린 글이 걸려 있는데 그는 자신의

일생에는 두 여성이 있다고 했다.

하나는 나의 엄마고 하나는 딸 서영이다. 서영이는 나의 엄마가 하느님께 부탁하여 내게 보내주신 귀한 선물이다. 서영이는 나의 딸이요, 나와 뜻이 맞는 친구다, 또 내가 가장 존경하는 여성이다

라고 노래한다.

어머니를 황진이처럼 청초하고 그리운 모습이라고 말하고 있다.

엄마가 나의 엄마였다는 것은 내가 타고난 영광입니다. 엄마는 우아하고 청초한 여성이었습니다. 그는 서화에 능하고 거문고는 도에 가까웠다고 합니다. 내 기억으로는 그는 나에게 거짓말 한 일이 없고 거만하거나 몰인정한 적이 없습니다. 내가 좋은 점이 있다면 엄마한테서 받은 것이요, 내가 많은 결점을

지닌 것은 엄마를 일찍 잃어버려 그의 사랑 속에서 자라지 못한 때문입니다.

그리고 딸을 그리는 <서영이와 난영이>라는 작품은 딸 서영이에게 사다준 인형을 난영이라 이름 짓고 딸이 당신 곁을 떠난 후 딸을 보듯이 인형 난영이를 날마다 씻기고 계절 따라 철철이 옷을 갈아입히며 잠재우며 안아주고 보살펴주는 얘기다.

이 글을 대하면 동화 같은 느낌을 주는 아름다운 이야기로 그의 일상을 그대로 진솔하게 드러내고 있어 그의 때 묻지 않은 소년 같은 모습을 대변해 주기도 한다.

……. 데리고 놀지는 않지만 음악은 들려줍니다. 여름이면 일찍 재웁니다. 어쩌다 내가 늦게까지 무엇을 하느라고 난영이를 재우는 것을 잊어버릴 때가

있습니다. 난영이는 앉은 채 뜬 눈을 하고 있습니다. 이런 때는 참 미안합니다. 내 곁에서 자는 것을 가끔 들여다봅니다. 숨소리가 들리는 것 같습니다. 난영이 얼굴에는 아무 불만이 없습니다. 자는 것을 바라보면 내 마음도 평화로워집니다.

딸을 향한 그리움을 <시차時差>에서 여실히 드러낸다.

새벽 여섯 시
너는 지금 자고 있겠다
아니 거기는 오후 네 시
도서관에 있겠구나
언제나 열넷을 빼면 되는데
다시 시간을 계산한다

학교 가는 뒷모습을
보고 또 보고
쓰고 가는 머플러를
담 너머 바라보던 나
어린것 두고 달아나는 마음으로
너를 떠나 보냈다.

어느 밤 달이 너무 밝아
서울도 비치리라 착각했지
열 네 시간은 9천 마일

밤과 낮을 달리한다
그러나 같은 순간은
時差를 뚫고
14는 0이 된다

그는 평생 술과 담배를 하지 않았고, 산책과 클래식 음악을 좋아했으며 좋아하는 작가인 바이런, 에이츠의 사진과 자신이 마지막 애인이라 불렀던 여배우 잉그리드 버그먼의 사진을 가까이 두는 소년 같은 모습을 간직하였다. 그는 갔지만 그의 작품과 그 해맑은 모습은 우리들에게 지워지지 않는 아름다운 영상으로 남아 오랫동안 기억하게 될 것이다.

저자거리

작고 소박한 기념관을 나와 주막에 들러 해장국이나 먹을까 하고 저자거리로 들어서니 마침 혼례식이 있었는지 단체손님들로 만원을 이루고 있어 그저 발길을 돌려 전통 혼례청을 구경하기 위해 뒤로 한 바퀴 돌았더니 그동안 저자거리에 자주 들렀으면서도 한 번도 보지 못한 진귀한 풍경을 접하게 되었다.

화려한 혼례복과 꽃가마, 외국인 관광객들이 신기한 듯 둘러보며 혼례복으로 갈아입고 사진도 찍으면서 즐거워하는 모습도 반갑다. 그리고 60년대 우리 생활사를 만날 수 있었는데 이발관, 점집, 서당, 대장간, 쌀가게, 시계포, 등이 고색창연하게 살아 움직이는 듯

죽 늘어서 있고 '화폐 속의 위인들'이라는 코너에는 신사임당과 율곡 이이에 관한 자료도 전시되어 있어 그 또한 뜻밖의 만남이다.

민속박물관 속에는 동의보감 체험전도 있으며 미술관도 있다.

서울 도심 빌딩 속에서 용인 민속촌과는 또 다른 우리의 전통 먹을거리가 풍성한 저자거리와 시장 풍경을 만나볼 수 있다는 것이 신기하고 재미있다.

한 마리 토끼를 잡으러 왔다가 꿩도 잡고 매도 잡은 느낌이랄까.

비록 저자거리에서 막걸리 한잔은 마시지 못했지만 즐겁고 충만한 마음으로 돌아 나오는 발걸음이 가볍다.

천상병

나 하늘로 돌아가리라

나 하늘로 돌아가리라
새벽빛 와 닿으면 스러지는
이슬 더불어 손에 손을 잡고
나 하늘로 돌아가리라

노을빛 함께 단 둘이서
기슭에서 놀다가 구름 손짓하면은
나 하늘로 돌아가리라

아름다운 세상 소풍 끝내는 날
가서, 아름다웠다고 말 하리라

하늘로 돌아간 천상병 시인의 향기를 찾아 인사동 골목을 누비고 다녔다.

시인의 아내가 자리를 지키고 있는 찻집은 인사동의 명소로 자리잡은 지 오래라 쉽게 찾아들 수 있었는데 새 건물이 들어서면서 귀천도 그 모습을 달리하여 몰라보았던 것이다.

시인의 모습만큼이나 남루하면서도 다정하고 편안한 곳이라 언제 찾아들어도 반갑게 맞이하던 공간은 여전히 세 평 남짓, 낯선 사람도 무릎을 맞대고 앉아야할 정도로 협소했지만 예전의 모습, 난지도에서 가져다 놓은 것 같은 앉을자리며 퇴락한 시인의 유품들이 사라지고 이제 막 세수를 한 소년처럼 말갛게 언제 그랬느냐는 듯 시침을 떼고 있었다.

그뿐인가, 천상병 시집을 뽑아 읽고 있는 학생, 수줍은 한 쌍의 연인, 하얀 고무신을 가지런히 벗어놓고 좌선을 하고 있는 스님, 시인과 작가 지망생, 어딘가 한 구석은 시인 천상병을 닮아 있는 사람들이 뒤섞여 앉아있던 정겨운 모습도 사라지고 무슨 모임인가, 화사한 중년 여인들이 두 개뿐인 탁자를 다 차지하고 열심히 얘기꽃을 피우고 있다.

변하지 않은 것이 있다면 그림처럼 앉아 있는 시인의 아내와(현재는 이 세상 분이 아니다) 입구오지 항아리에 꽂혀 있는 한 아름의 들국화 정도라고 할까. 자주오던 곳인데도 이방인처럼 생경스럽게 주춤주춤 실내로 들어서면 시인의 아내가 "오랜만에 오셨네요." 하며 반긴다.

천상병(1930-1993) 시인의 고향은 경남 마산시 진동으로 되어있으나 그는 <고향이야기>라는 시에서 내 고향은 마산, 부산, 일본 이렇게 세 곳 이다, 라고 말하고 있다.

내 고향은 세 군데나 된다 / 어릴 때 아홉 살까지 산/경남 창원시 진동면이 본 고향이고/둘째는 대학 2학년 때까지 보낸/ 부산시이고/ 셋째는 도일하여 살은/ 치바켄 타태야마시이다/ 그러니 고향은 세 군데나 된다/ 본 고향인 진동면은/ 산수가 아름답고/ 당산이 있는 수려한 곳이다/ 바다에 접해있어서/ 나는 일찍부터/ 해수욕을 했고/ 영 어릴 때는 당산 밑 개울가에서/ 몸을 씻었었다/ 제2고향은 부산시 수정동인데/ 산중턱이라서/ 오르는데 힘이 들었다. 3의 고향인/ 일본 타태야마시에서는/ 초등학교 2학년부터/ 중학교 2학년까지 살았는데/ 일본에서도 명소다(후략)

시인은 고등학교 재학 중에 <강물>이라는 시로 《문예》에서 추천을 받았으며 서울대 상대시절 졸업을 한 학기 남겨두고 자퇴하여 본격적인 시인의 길로 접어들었다.

1967년 동백림사건으로 투옥되어 6개월의 옥고를 치르고 집행유예로 풀려나 몸과 마음이 망가진 상태로 <귀천>을 발표해 자신의 존재를 세상에 알렸다.

그 후 천상병은 고문 후유증과 음주, 영양실조 등으로 거리에 쓰려져 행려병자 신세로 서울시립정신병동에 갇혔다.

천상병을 찾아 헤매던 친구들은 그를 찾지 못하자 시인이 죽은 줄 알고 1971년 12월에 유고시집 《새》를 발표했다. 살아있는 사람의 유고시집이 나왔던 것이다.

외롭게 살다 외롭게 죽을
내 영혼의 빈터에
새날이 와 새가 울고 꽃잎 필 때는
내가 죽는 날
그 다음날

산다는 것과
아름다운 것과
사랑한다는 것과의 노래가
한창인 때에
나는 도랑과 나뭇가지에 앉은
한 마리 새

정감에 그득한 계절
슬픔과 기쁨의 주인
알고 모르고 잊고 하는 사이에
새여 너는
낡은 목청을 뽑아라

살아서
좋은일 있었다고
나쁜일도 있었다고
그렇게 우는 한 마리 새

신문지상에서 이를 본 천상병의 주치의가 그의 가족에게 연락하여 그가 살아 있음을 알게 된다.

이때 사람들을 알아보지 못하며 대소변조차 가리지 못하던 천상병을 보듬은 이가 귀천을 운영하던 그의 아내 목순옥 씨다.

천상병은 천재적인 시인이기도 하지만 살아생전 유고 시집이 나온 시인, 그리고 목순옥 씨의 헌신적인 사랑으로 맺어진 결혼생활로 더 유명하다.

아내가 아침 출근하면서 주는 2천원으로 맥주 한 병과 아이스크림을 즐기며 "나는 천사아내 덕분에 행복하다"고 노래하며 천진한 아이처럼 살다간 시인은 살아생전 기인으로 불리어졌던 만큼 죽어서도 일화를 남긴다.

엄마처럼 천상병을 품어주었던 또 한 사람의 여인, 팔순 장모는 사위가 죽고 나서 들어온 조의금을 신문지로 말아 아궁이 속에 숨겨두었다. 그 사실을 몰랐던 아내는 평소 천상병이 살았던 때처럼 아침에 일어나 아궁이에 군불을 지피다 뒤늦게 발견하였으나 돈 다발을 거의 태우고 말았다.

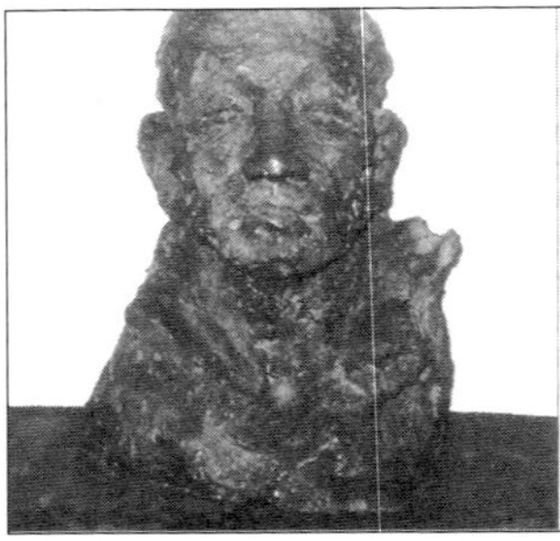

다행이 타다 남은 돈은 은행에서 교환해 주어 천상병이 살아생전 늘 걱정했던 장모님 장례비 비용은 건졌다고 했으니 천상병도 그가 소망하던 귀천에서 안도의 미소를 지었으리라.

시인의 천사는 살아생전 천상병 시와 관련된 모든 행사에 참여하고 천상병 시인을 기억하고 찾아오는 사람들을 귀천에서 1년 내내 맞이했다.

귀천의 명차 모과차를 앞에 하고 시인의 아내와 마주 앉아 그저 말없이 웃기만 했던 생각이 난다.

시인이 대해서는 너무나 많이 알려져 새삼스럽게 취재한답시고 묻고 답하고 할 일이 없었기 때문이다.

단지 예전모습을 생각하고 카메라를 들고 온 탓에 아쉬워했더니 안산문화예술회관에서 '천상병 유품전시회'를 하고 있으니 그곳에 가보면 옛 유품들을 만나볼 수 있을 것이라는 말만 듣고 돌아와 뒷날 오랜 가뭄 끝에 내리는 단비를 맞으며 안산으로 달려가 그의 낯익은 모습들을 만났다.

이 역시 내겐 단비다.

아무도 없는 전시실을 나 홀로 배회하다 <날개>라는 시인의 작품 앞에서는 그의 심중을 헤아리며 그 곁에서 한참이나 서 있었다.

날개를 가지고 싶다
어디론지 갈 수 있는
날개를 가지고 싶다

왜 하느님은 사람에게
날개를 안 다셨는지 모르겠다
내 같이 가난한 놈은
여행이라고는 신혼여행뿐인데
나는 어디로던지 가고 싶다
날개가 있으면 소원성취다
하느님이여
날개를 주소서
주소서

님의 詩 <고향이야기>처럼 시인한테는 고향이 많아서일까.

그의 고향 마산에는 생가도 없고 문학관도 없다.

마산 문학관에 천상병 코너가 있고 용마산공원에 시비가 있다.

지난해 산청 중산리로 들어갔다가 뜻밖에 님의 시비를 만나 웬 일인가 했더니 살아생전 시인이 천왕봉을 그리워해 시인의 아내가 그의 사후 천왕봉을 바라보는 자리에 시비를 세우고 산청의 문인들이 돌보고 있다 했다.

그로인해 산청에서는 시월이면 문학제가 열리고 '천상병 문학상' 시상식도 한다.

내 고향 남쪽바다

마산은 천상병의 고향이라고 하면 모두들 낯설어 하지만 시조시인 이은상 님의 고향이라 하면 모르는 이가 없다.

이은상 님은 마산 합포만에서 태어나고 자랐다.

시 <가고파>는 1932년 이화여전 교수로 재직할 때 씌어졌으며 그 다음해에 김동진이 평양 숭실 전문대 문과에서 양주동에게 이 시를 배우면서 악상이 떠올라 단숨에 4장까지 작곡했다.

작곡 이후 평양 교회에서 불리어지다가 테너 이인범에 의해 널리 소개되어 가장 좋아하는 가곡 1위를 차지하기도 했다.

마산 용마산 공원에 가면 시비 <가고파>가 마산 바다를 내려다보며 하염없이 서있어 그가 고향바다를 얼마나 그리워했는가를 한눈에 알 수 있다.

내 고향 남쪽바다 그 파란 물 눈에 보이네/ 꿈엔들 잊으리오. 그잔잔한 고향바다/ 지금도 그 물새들 날으리 가고파라 가고파/ 어릴 제 같이 놀던 그 동무들 그리워라/ 어디 간들 잊으리오. 그 뛰놀던 고향동무/ 오늘은 다 무얼 하는고 보고파라 보고파/ 그 물새 그 친구들 고향에 다 있는데/ 나는 왜 어이타 떠나 살게 되었는고/ 온갖 것 다 뿌리치고 돌아갈까 돌아가/ 가서 한데 얼려 옛날같이 살고지고/ 내 마음 색동옷 입혀 웃고 웃고 지내고 져/ 그날 그 눈물

없던 때를 찾아갈까 찾아가

어쩌면 바다를 고향으로 둔 사람에게는 더욱 그리운 고향일지도 모른다.

나또한 따뜻한 남쪽바다를 고향으로 두고 있어 <가고파>를 즐겨 흥얼거리는데 자랄 때 우리 집에서는 부를 수 없는 금지곡이기도 했다.

초등학교 때였다.

벽걸이 큰 거울 앞에서 어머니가 긴 머리를 빗어 내리고 있었다.

나는 거울에 비친 어머니를 보면서 '내 고향 남쪽바다….' <가고파>를 구성지게 부르고 있었는데 어머니가 갑자기 머리를 빗던 손을 멈추고 눈물을 흘리셨다.

그 당시 부산으로 유학을 가 있던 오빠는 바닷길로 편도 8시간이 소요되는 먼 곳이라 방학 때 아니고는 집으로 올 수 없었다.

금지옥엽 외동아들을 중학교부터 멀리 보내놓고 있던 어머니는 가끔 아들을 만나러 부산으로 가시곤 했는데 오빠 하숙집 아주머니가 학생이 뜰에 홀로 서서 달을 쳐다보며 <가고파> 노래를 부르면서 닭똥 같은 눈물을 흘리고 있더라는 얘기를 어머니께 들려주었고 그 후 어머니한테는 <가고파>는 곧 아들의 고향 그리는 눈물로 연상되어 가슴 에이는 슬픔이 되었던 것이다.

그날 이후로 우리 형제들은 아무도 집에서 그 노래를 부르지 못했다.

나또한 멀리 강원도 산골로 들어가 살면서 고향바다가 얼마나 그리운지 “바다가 보고 싶다”라는 전보를 고향에 남아 있는 친구들한테 띄우곤 했으며 잠결에 들리는 남대천 물소리를 파도소리로 알고 놀라 깨어나 무릎에 얼굴을 묻기도 했다.

지금도 눈을 감으면 발밑에 와 출렁이는 파도와 먼 지평선, 어젯밤 꿈에도 만났던 개펄과 조개, 소라. 그리고 아직도 남아있는 집터. 언제일지, 돌아가 오두막 짓고 바다를 정원으로 드려놓는 꿈을 꿀 수 있어서 오늘도 힘을 얻는다.

누구나의 마음속에 영원한 그리움으로 도사리고 있는 고향이 있다는 것은 인생에 있어 축복이다.

감사의 기도를 드린다.

*현재 안면도에 천상병의 생가가 복원되어 있고 소박한 문학관이 있다.

내가 그의 이름을 불러 주기 전에는

김춘수

꽃의 시인 김춘수의 고향을 찾아 통영으로 가기 위해 서울로 올라갔다가 신문지상으로만 보았던 대모군중을 만났다.

촛불시위에다 화물연대파업으로 서울시는 연일 체증을 앓는다.

일은 뒷전이고 말만 무성하다.

버스가 말 많은 사람들에 막혀서 꼼짝없이 서있고 운전기사는 당연하다는 듯이 모두들 내려서 걸어가란다.

어디로 해서 어떻게 가라는지 나는 내가 가야할 목적지로 가려면 어떻게 처신해야할지 몰라 차창 밖으로 도로를 메운 머리띠 두른 태평한 얼굴들을 보면서 입안에 갇혀버린 고함을 친다.

이 사람들아, 이 사람들아,

땀 흘려 일해도 모자랄 시간에 대한민국 특별시는 공황상태에 빠져 있다.

모두들 그 무엇이 되고 싶은가 보다.

땅으로 귀양온 天生의 詩人

김 사백(詞伯)은 해방 後에 등단한 국내시인 중에서는 가장 철저한 순수시인이며 가장 예술가다운 시인이었다고 말할 수 있다. 게다가 그는 끊임없이 탐구하고 변모해온 시인으로 가장 전문적인 시인이기도 했다. 이와 같은 우리 시단(詩壇) 내지 시사(詩史)에 있어서의 그의 위상은 그의 지속적인 예술적 정진의 결과이지만 시예술의 특질은 그의 사람됨과 생애와도 무관할 리가 없다.

그는 통영의 부유한 집안의 장손으로 태어나 어릴 적부터 보통의 환경과는 다분히 격리된 공간에서 생장한 것이 아닌가 생각된다. 알기 쉽게 말한다면 그는 보통 사람들이 자

고향가는 길

고향으로 가는 길에는 거뭇거뭇
자갈이 깔려있다
먼지는 날지 않고
트럭이 투덜투덜
투덜거리면서 가고 있다
고향으로 가는 길에는
피기 머리에 길쯤길쯤
벼슬이 하얗게 돋아나 있다
이마에 뿔도 없는 어린 염소가

길을 잃고 어쩌나
나더러 함께 울어달라고 한다
고향으로 가는 길에는
첫서리가 내리고 누군가 한 아이

조그맣게 쪼그리고 앉아 있다
볼에 패인 얕은 그
잘 보이지가 않는다.

—김춘수 <고향가는 길>

시인의 고향 충무는 동양의 나폴리라고 불리어질 만큼 미항의 도시로 이름이 알려져 있다.

빼어난 자연환경 때문인가 충무에서 배출된 예술인들도 많다.

유치환, 박경리, 김상옥, 김춘수, 음악가 윤이상, 극작가 유치진, 화가 전혁림 등을 배출한 도시로 소박한 거리 곳곳에 이들의 이름을 딴 거리며 시비가 즐비하다.

청정바다에서 생산되는 굴과 멍게로도 널리 알려져 있으며 근년에 통영군과 충무시가 하나로 통합되면서 충무김밥으로도 유명한 충무라는 이름은 역사 속으로 사라지고 통영시가 탄생되었다.

지금은 전국 어디로 가나 충무김밥이라는 이름을 달고 있는 김밥집들이 많지만 옛맛을 그대로 재현한 곳은 단 한군데도 없다고 해도 과언이 아니다.

시인이 <통영바다>라고 쓴 글에 보면.

산발치의 유치원에서는 통영시가가 한 눈에 잘 내려다보였다. 멀리 수평선까지가 훤히 내다보였다. 우리는 일을 마치면 으레히 삼삼오오 모여서는 시가와 바다를 한동안 내려다보며 뭐라고 재잘거리다가 집으로 돌아가곤 했다. 그러는 것인즉 그 시각 열두시쯤에 부산에서 여수로 가는 철선(600톤급)이 항구로 들어오는 것을 보기 위함이다.

라고 했는데 바로 이 철선, 즉 여객선이 충무김밥의 명성을 만들었다고 볼 수 있다.

점심시간 때쯤 여객선이 충무항에 닿으면 하얀 세면 수건을 머리에 두르고 나무함지를 머리에 인 여인네들이 재빠르게 배위로 올라왔는데 그 함지박에는 재래종 김 한 장에 통째로 밥을 말은 김밥과 충무앞바다에서 나는 주꾸미 홍합, 소라 등을 맛있게 양념한 반찬이 꼬지에 끼어 있었다. 한 손에는 김밥을 들고 한 손에는 꼬지를 들고 김밥 한입에 해물을 한 개씩 빼어먹는 그 맛은 어디에서도 맛볼 수 없는 특별한 맛으로 한려수도 뱃길을 따라 여객선을 타고 여행을 해본 사람이면 누구나 잊지 못할 먹을거리로 추억할 것이다.

각설하고 충무에 도착하여 항남동에 있다는 김춘수 시비를 찾아 헤매느라 몇 바퀴 돌다보니 유치환 님의 시비, 박경리 시비, 김상옥 시비를 먼저 만나고 드디어 시인의 육필원고로 세웠다는 시비를 찾았다

시비 하단에 노년의 시인이 모자를 쓰고 찾아오느라 수고했다는 듯이 살짝 웃는다.

꽃이다.

꽃의 시인 김춘수

내가 그의 이름을 불러주기 전에는
그는 다만

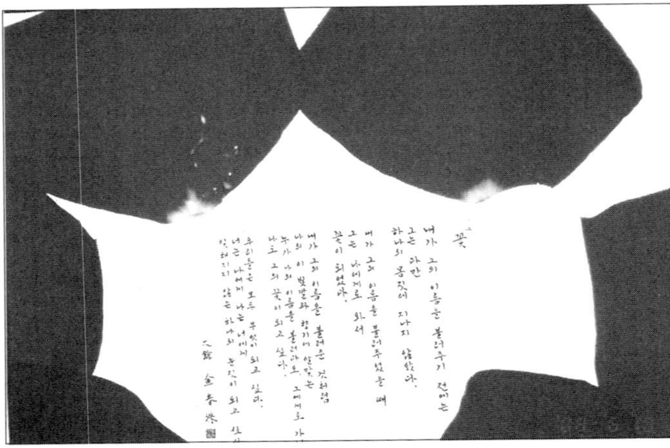

하나의 몸짓에 지나지 않았다

내가 그의 이름을 불러주었을 때
그는 나에게로 와서
꽃이 되었다

내가 그의 이름을 불러 준 것처럼
나의 이 빛깔과 향기에 알맞은
누가 나의 이름을 불러다오
그에게로 가서 나도
그의 꽃이 되고 싶다

우리들은 모두
무엇이 되고 싶다

너는 나에게 나는 너에게
잊혀지지 않는 하나의 눈짓이 되고 싶다

—김춘수 <꽃>

시인 김춘수는(1922-2004) 경남 충무에서 태어났다.

지주 집안으로 할아버지는 만석꾼이었으며 할아버지 밑에서 삼천석을 하는 아버지의 3남 1녀 중 장남으로 태어나 유복한 생활을 하였다.

통영보통학교를 거쳐 명문 경기중학에 입학하였으나 5학년 때 스스로 자퇴하고 1940년 일본대학 창작과에 입학하였으나 사상혐의로 퇴학처분을 당하여 6개월 간의 옥고를 치른다.

이후 충무에서 유치환, 김상옥 등과 통영문화협회를 만들어 예술운동을 전개하였으며 통영중학교 교사로 재직시절인 47년 첫 시집 《구름과 장미》를 출간했다. 60년대부터 해인대, 경북대, 영남대 를 차례로 거쳐 81년에는 전국구 국회의원으로 당선되었다.

한국시인 협회상, 자유아세아 문학상, 경상남도 문화상, 대한민국 문학상 등을 수상하였다.

김춘수 유품전시관

봉평동 옛 한려해상 국립공원 동부사무소 4층에 시인의 유품전시장을 찾았다.

시인의 장녀와 삼남이 물려받은 유품을 전시한 곳으로 임시 시

대여 김춘수 선생 유품전시관 개관
(사)한국문인협회통영지부

靑馬의 헬멧

조선문학
哲學事典

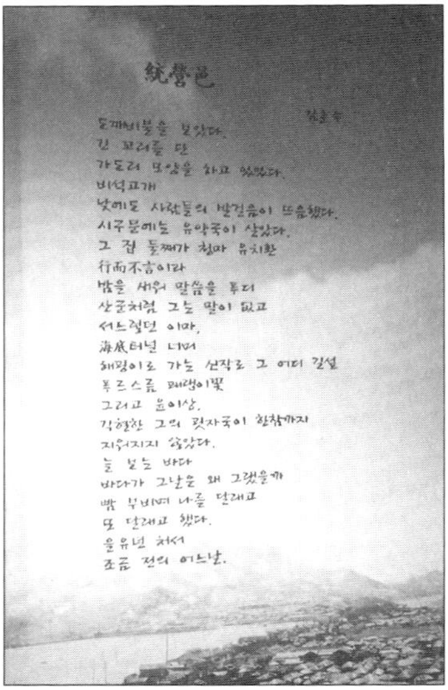
統營邑
김춘수
도깨비불을 보았다.
긴 꼬리를 단
가오리 모양을 하고 있었다.
비석고개
낮에도 사람들의 발걸음이 뜨음했다.
시구문에는 유약국이 살았다.
그 집 둘째가 청마 유치환
行而不言이라
밤을 새워 말씀을 투더
산굴처럼 그는 말이 없고
서느렇던 이마,
海底터널 너머
해평이로 가는 신작로 그 어디 길섶
부드스름 패랭이꽃
그리고 윤이상,
각혈한 그의 핏자국이 한참까지
지워지지 않았다.
늘 보는 바다
바다가 그날은 왜 그랬을까
뺨 부비며 나를 달래고
또 달래고 했다.
을유년 처서
조금 전의 어느날.

설이라 그러한지 외관상으로는 작가의 문학관이라 하기에는 좀은 허술하다 싶었으나 전시실에서 사진으로 보는 님의 발자취와 평소에 애용하던 소품과 생활공간을 그대로 옮겨놓아 시인의 생애를 한눈에 보는 듯하다.

4층 전시실을 둘러보고 창가에 서서 한눈에 내려다보이는 충무항을 바라본다.

시인이 바다를 노래한다.

바다에 굽은 사나이들
하루의 노동을 끝낸
저 사나이들의 억센 팔에 안긴
깨지지 않고 부서지지 않은
온전한 바다
물개들과 상어 떼가 놓친
그 바다

—김춘수 <부두에서>

바다의 보고 굴의 나라

통영바다에 가면 눈길 닿는 곳마다 하얀 부표가 목화송이처럼 끝없이 떠있다.

굴 양식장이다.

해안도로를 달리다가 어느 후미진 만에서 창밖으로 바다를 내다보며 콩나물 국밥을 먹고 바닷사람들이 모여 작업을 하고 있는 부둣가로 나가본다.

속이 빈 씨조개 굴 껍데기에 굴 유생을 부착하는 작업을 하고 있다. 그런 후 줄에 매달아 바다에 띄워 굴을 키워 생산하는 수하식 양식장이다.

끝없이 펼쳐지는 양식장을 바라보는데 김장 때면 굴을 보내주는 통영에 살고 있는 고향 친구가 저만치 바다 건너에 서있다.

어느 해 가을, 동창 회람에서 그가 통영에 살고 있다는 것을 알았고 나는 눈이 큰 소년으로만 기억하고 있는 그에게 반짝 반가운 마음으로 책 한 권을 보냈다. 그 후 그의 이름을 달고 있는 멸치 한 자루가 내 집으로 올라왔고 나는 그 뜻밖의 선물을 받는 순간 바닷가 방파제에 서 있는 눈이 크고 깡말랐던 소년과 수줍어 고개 돌려 외면하던 단발머리 소녀를 만났다.

그로부터 얼마나 많은 세월이 흘렀는가.

바다를 고향으로 두고 있는 사람들은 행복하다.

그래서 고향바다를 떠나 살고 있는 사람들은 유난히 향수가 짙다.

나는 고향을 떠나 살 때 파도소리를 듣고 놀라 깨어나곤 했는데 그 소리는 남대천을 흐르는 물소리이기도 하고 방문을 흔드는 바람소리이기도 했다.

시인 김춘수도 화창한 대낮, 길을 가다가도 갈매기 소리를 듣는다고 말한다.

요즈음 나는 화창한 대낮 길을 가다가 문득 어디선가 갈매기 우는 소리를 듣곤 한다.

물론 환청이다. 갈매기의 울음은 고양이의 울음을 닮았다. 바다가 없는 곳에 사는 것은 답답하다. 바다가 보고 싶은데 뜻대로 되지 않는다. 내 고향 바다는 너무나 멀리에 있다. 대구에서 20년이나 살면서, 서울에서 10년 넘어 살면서, 나는 자주자주 바다를 꿈에서만 보곤 했다. 바다는 나의 생리의 한 부분처럼 되었다. 바다, 특히 통영(내 고향)앞바다 한려수도로 트인 그 바다는 내 시의 뉘앙스가 되고 있다고 나는 스스로 생각한다. 그 뉘앙스는 내 시가 그동안 어떻게 변화해왔던 그 바닥에 깔린 표정이 되고 있다.

나는 그렇게 혼자서 스스로 생각한다.

돌아오는 길 고속도로가 휑하다.

막힘없이 달리니 좋을 만도 하건만 화물연대파업으로 국가손실이 하루 얼마라는 천문학적 숫자를 생각하면 그저 가슴이 막막해진다.

고속도로가 밀려서 더디 가도 좋으니 하루속히 파업이 풀렸으면 하는 간절한 바람을 해본다.

이 밤 자면 저 마을에 꽃은 지리라

조지훈

조지훈 시인을 만나러 영양 가는 새벽길, 시인이 길을 밝히는가.

아침이 왔으련만 아직도 어둑한 시야에 산도, 들도, 잠들어 있고 집도 하얀 고깔을 둘러쓴 듯 온통 설경이다.

이렇듯 시리도록 눈부시고 정결한 자리를 펼쳐 놓았으니 어찌 한바탕 춤을 추지 않고 배길 수 있겠는가

들썩이는 어깨를 긴 소매로 감추고 외씨버선을 살포시 들어 올려 한바탕 <승무>를 추어본다.

얇은 사 하이얀 고깔은
고이 접어서 나빌레라

파르라니 깎은 머리
薄紗 고깔에 감추우고

두 볼에 흐르는 빛이

정작으로 고와서 서러워라

빈 대 황촉불이 말없이 녹는 밤에
오동잎 잎새마다 달이 지는데

소매는 길어서 하늘은 넓고
돌아설 듯 날아가며 사뿐히 접어올린 외씨보선이여

조지훈 <승무> 중에서

길목에서

안동서 영양가는 버스를 갈아타고 산길 물길을 굽이돌아 영양으로 가는 길, 임하댐이 나오고 정재종택이라는 안내판이 눈에 뛴다.

언젠가 와 본 길이다. 아니 몇 해 전 안동 양반가문인 정재종택에서 빚는 우리 술 '송화주'를 만나러 왔던 길이다.

여름이었나, 그때는 임하댐물이 온통 황톳빛이었는데 오늘은 푸르고 또 푸르다 못해 쪽빛이지 않는가.

그러나 그때는 분명 가을이었다. 그것도 아주 깊은.

양반집 안방 깊숙이 가부좌를 틀고 있는 술단지를 만나러 정재종택 류성호 님 댁을 방문했을 때 처마 끝에 달아두었던 배추시래기를 챙겨주시던 주인의 인정과 저만치 갈색으로 물든 언덕배기에 석양을 받으며 쓸쓸히 서 있던 만귀정晩歸亭이 한 장의 영상으로 남아있지 않은가.

또 있다, 이불을 잔뜩 두르고 있던 내 키 만한 술독에서 바가지로 퍼 올린 황금빛 술과 술상에 올라왔던 이제 막 굳기 시작한 연한 곶감을.

그립다, 고택 굴뚝에서 피어오르던 저녁연기와 저 홀로 얼굴을 붉히던 만귀정이.

이어서 '청송'이라는 이정표가 들어온다.

반갑다. 청송에도 '불로주'라는 민속주가 있어 내 발목을 부여잡았던 곳으로 술맛만 좋았던 것이 아니라 주왕산의 그 빼어난 절경과 떠나올 때 고속도로에 햇살을 받으며 편안한 자세로 누워 있던 고양이에게 제문을 받쳤던 잊지 못할 고장이다.

그대 잠들었는가
그저 누웠는가
이 세상 두고 혼자가는길
외로운 길을
그대 팔 그대가 베고 누웠으니
얼마나 쓸쓸한가
간밤에 서늘한 바람 한자락
이불속으로 파고들더니
오늘 그대만나 제문을 쓸줄이야

—필자의 <고속도로 위의 고양이>

여행을 다니다 보면 교통사고로 죽은 또는 다친, 말 못하는 짐승들을 더러 접하게 되어 그런 날은 하루 종일 마음이 무겁다.

한번은 지리산 쪽으로 갔다가 도로 한 가운데 죽어 있는 하얀 강아지를 만나 차마 발걸음이 떨어지지 않아 길옆 밭 언덕에 묻어주고 배낭에 챙겨두었던 술을 꺼내 다음 생에는 한 송이 예쁜 꽃으로 피어나라그 기구하면서 무덤 둘레에 술을 뿌려주었다.

녀석이 내 주술에 힘입어 꽃으로 환생했다면 벌써 다섯 번은 피고 졌을 세월이 흘렀다.

드디어 영양으로 들어선다.

이곳 영양에도 대대로 내려오는 가양주를 고집스럽게 지키는 선비가 있어 어렵게 찾아와 '귀한 술'을 만났던 적이 있다.

우리 민속주는 예부터 주로 집안에서 대대로 내려오는 가양주에서 비롯되어 더러는 상품화되어 대량 생산되기도 하지만 오직 전수를 위해서 겨우 명맥만 유지할 수 있도록 소량으로 만들어 그 희소성에 가치를 두는 집안도 있다 이곳 영양의 '초화주'도 그런 예에 속한다 할 수 있을 것이다.

시인을 만나러 가는 길목, 안동에 도착하여 영양으로 오는 동안 그 길머리에서 오랜 역사를 지닌 세 가지 술을 만날 수 있었으니 그러고 보면 산수가 좋은 내륙지방으로 갈수록 양반가도 많고 좋은 술도 많다는 것을 알 수 있다.

아름다운 자연은 시인을 태어나게 하고, 시인이 있는 곳에는 좋은 술이 항상 곁에 있었으니 이들은 모두 불가분의 관계라 할 수 있을 것이다.

작지만 문향의 고장으로 널리 알려진 영양에만 해도 조지훈 형제를 위시해서 오일도, 이문열 등 그 밖에도 많은 문필가들이 나오지 않았는가.

이미 살아버린 인생처럼 지나온 발자취를 더듬으며 부질없는 그리움에 젖어 있는데 영양에 도착했다는 안내방송이 나온다.

주실 마을과 조지훈의 문학세계

영양 터미널에서 조지훈의 생가와 문학관이 있는 주곡동으로 들어가려면 두 시간은 기다려야 시내버스가 있다하니 어쩔 것인가.

추위는 매섭고 겨울 해는 짧아 어쩔 수 없이 택시를 잡아타고 조지훈의 태실로 달린다.

주곡동에는 마을 전체가 기와집들로 이루어져 있고 한양 조 씨 집성촌으로 마을 구성원 모두가 일가친척이며 전통마을이면서 양력설을 쇠는 설문화가 오늘까지 80년이 넘도록 내려오고 있는 곳이다.

양력설을 쇠게 된 것은 조지훈의 아버지 조헌영이 당시 유학을 떠난 젊은이들이 좀 더 많이 고향을 찾을 수 있도록 하기 위한 배려였다고 한다.

이 마을에서만 박사가 30여 명이나 나왔으며 군 장성도 10명이나 배출되었다하여 박사마을이라고도 한다.

조지훈은(1920-1968) 시인이요, 국문학자로 본관은 한양, 본명은 동탁, 한의학자로서 제헌 및 2대 국회의원을 지낸 조헌영의 4남매중 둘째아들로 태어났다.

엄격한 가풍 속에서 한학을 배우고 17세 때 처음으로 주곡동을 벗어나 서울로 올라가 동향 시인인 오일도가 주재하던 '시원사詩苑社'에 머물면서 시 습작을 계속했고 20세가 되던 해에 혜화전문학교에 입학한다.

1939년 <고풍의상>, <승무>, 1940년 <봉황수>로 《문장》지의 추천을 받아 시단에 데뷔한다.

하늘로 날을 듯이 길게 뽑은 附椽 끝 풍경이 운다
처마 끝 곱게 늘이운 주렴에 반월이 숨어
아른 아른 봄밤이 두견이 소리처럼 깊어가는 밤
곱아라 곱아라 진정 아름다운지고
파르란 구슬빛 바탕에
자주빛 호장을 받친 호장저고리
호장저고리 하얀 동정이 환하게 밝도소이다
살살이 퍼져 내린 곧은 선이
스스로 돌아 곡선을 이루는 곳
열두 폭 기인 치마가 스르르 물결을 친다
치마 끝에 곱게 감춘 운혜 당혜
발자취 소리도 없이 대청을 건너 살며시 문을 열고
그대는 어느 나라의 고전을 말하는 한 마리 호접
호접인 양 사푸시 춤을 추라, 아미를 숙이고
나는 이 밤에 옛날에 살아
눈 감고 거문고 줄 골라 보리니
가는 버들인양 가락에 맞추어
흰 손을 흔들어 지이다

—조지훈 <고풍의상>

1946년 박두진, 박목월과 함께 시집《청록집》을 간행하여《청록》《역사 앞에서》등을 펴내며 화려한 문단생활을 보냈으나 6·25 전쟁으로 부친이 납북된 후 소식이 끊기고 어머니 그리고 아우까지 잃는 불행한 가족사가 함께 한 연대였다.

혜화전문학교, 경기여고, 서울여의대, 동국대학을 거쳐 고려대 국문학과 교수로 오랫동안 재직하였으며 유치환, 김동리, 박두진, 서정주, 조연현 등과 함께 순수문학을 옹호하고 민족문단을 건설하는 일에도 앞장섰다.

시인, 지사, 국학자, 논객이라는 많은 수식어가 따라다녔으나 그의 일생은 너무나 짧아 기관지 확장 및 폐기종이라는 병을 얻어 1968년, 48년의 생애를 살다 갔다.

주곡동, 마을 입구에 도착하니 오래 된 나무들이 하늘만 바라보다가 키만 자라 쓰러지지 않으려고 그 가느린 몸으로 서로 부둥켜 안고 있어 바람이 불 때마다 소리를 내며 처절하게 울고 있다.

개체수가 많으면 옆으로 자라지 못하고 햇볕을 보기 위해 키만 자라다가 결국은 그 가느린 몸매를 지탱 못해 제풀에 쓰러져 고사한다.

그곳에 1982년 5백여 명의 문하생들이 세웠다는 조지훈의 <빛을 찾아가는 길>의 시비가 있고 건너편에 형 조동진의 <국화> 시비가 마주보고 있다.

달빛에 쓸쓸히 핀 국화야/ 네 그 고독의 자태가 아프다/ 바람에 불려 불려

섧게 울어도/ 기다리는 나비는 그림자도 없고/ 서릿발 차운 손길에/ 마당 앞 오동잎새가 한 개 두 개/ 길게 살아 무엇하리/ 오래 살아 무엇하리/ 끝내 구슬픈 삶일 양이면/ 오 국화 외로운 내 마음아/ 처량한 바람소리에 가슴이 째진다

—조동진 <국화>

21세에 세상을 떠난 그는 자신의 삶을 예견이라도 한 듯 애달픈 시를 남겼다.

'호은 종택'이라는 문패를 들고 있는 조지훈 생가는 마을 중앙의 맨 앞집이다.

호은은 이 마을 주실 조씨들의 시조로 1629년 호은 둘째아들 조정형이 건축하였으나 6·25때 일부 불타 1963년 복구하였다.

생가에 들어서니 비어있는 집이지만 깨끗하고 단아하여 금방 이라도 시인이 사랑방 문을 열고 나와 객을 반가이 맞을 것처럼 정답게 느껴진다.

님은 갔지만 님의 자리는 아직도 옛님을 그리는 듯 말이 없고 나그네 또한 님이 앉았을 그 툇마루에 앉아 옛님을 생각해 본다.

지훈 문학관

문학관은 대지 850평에 건평 약 160평 규모로 30억 원을 들여 완공했으며 ㄷ자 한옥으로 전시공간이 아늑하여 평안히 감상할 수 있다.

전시실 4개와 시청각실, 그리고 문학 활동 등을 연대순으로 정리해 놓고 육필원고가 전시돼 있으며 생전에 몸에 지녔던 유품이며 사진 100여장이 가족사진과 함께하고 있다.

미망인이 직접 '지훈 문학관'이라고 쓴 현판이 걸려있는 문학관으로 들어서니 인적은 없는데 님의 대표시 <승무>가 저 홀로 조용조용히 춤을 추며 흘러나오고 님의 문학세계가 일목요연하게 펼쳐진다. 청록파의 조지훈, 박목월, 박두진 세 분이 나란히 서 있는 사진 앞에서 발걸음을 멈춘다.

아름다운 님들의 모습을 대하니 조지훈이 목월에게 보낸 詩 <완화삼>과 그리고 그에 답한 목월의 <나그네> 詩가 생각나고 좋은 친구는 좋은 친구를 낳게 한다는 걸 새삼스럽게 깨닫는다.

<완화삼>이 없었다면 어찌 그 유명한 <나그네>가 태어났겠는가.

차운산 바위위에 하늘은 멀어
산새가 구슬피 울음 운다

구름 흘러가는
물 길은 칠백 리

나그네 긴 소매 꽃잎에 젖어
술 익는 강마을의 저녁노을이여

이 밤 자면 저 마을에
꽃은 지리라

다정하고 한 많음도 병인 양하여
달빛 아래 고요히 흔들리며 가노니

—조지훈 <완화삼> 전문

문학관과 연결된 길을 걸어 마을 뒤편으로 올라서니 '조지훈 시비공원'이 나온다.

길을 따라 도열해 있는 수많은 시비와 그리고 시 속의 주인공들이 동상으로 서 있고, 앉아 있고, 그리고 춤을 추고 있는 모습을 님 또한 키 큰 동상으로 서서 내려다보고 있다.

독서삼매경에 빠져서.

생가와 문학관, 그리고 시비공원, 작은 마을이 온통 조지훈의 시

세계로 펼쳐져 있지만 전혀 튀지 않고 아늑하고 조화로워 평화롭다.

시간에 등 떠밀려 부지런히 둘러보고 마을 앞 버스 정류장에서 언제 올지 모를 버스를 기다리는데 바람이 몹시 차다.

이번 겨울 들어 가장 추운 날씨가 될 거라는 예보가 있어 옷을 몇 겹씩 입고 눈만 살며시 내놓고 목도리로 얼굴까지 칭칭 감았으나 매서운 바람이 사정없이 옷 속을 파고든다.

모양새가 하 험해 그런지 간간이 지나가는 승용차도 거들떠보지도 않는다.

그래도 따듯하게 웃는다.

"오늘 많이 춥다고 하니 다음으로 미루세요." 걱정이 되어 새벽같이 문자 메시지를 보내준 친구를 생각하면서.

다시 힘을 내어 안동으로 돌아와 터미널 근처 식당에서 콩나물국밥 한 그릇을 앞에 하고 앉았다.

낯선 고장에 가면 낯선 음식을 맛보고 싶은 것이 나그네의 마음이라 콩나물 국밥이라 별다른 기대는 하지 않았지만 그래도 속마음은 낯설음을 기대했는지 몇 가지 줄래 줄래 따라 나온 반찬이 낯설지도 않을뿐더러 깔끔하지도 않아 손이 가지 않는다.

이럴 때 막걸리라도 한 잔 할 수 있으면 속도 풀리고 기운도 살아나련만 요즈음 위상태가 좋지 않아 술은 고사하고 커피 한 잔도 못 마시고 있으니 이래저래 괜스레 서운한 마음이 앞선다.

언제 좋아지면 술 익는 강마을로 찾아들어 조지훈 님이 일러준

대로 엎어 놓은 장독위에 소박한 안주 몇 가지 올려놓고 술잔에 황국을 띄워 친한 벗끼리 가든파티를 한번 해야지 하는 다짐으로 위안을 삼고 훌훌히 귀갓길에 오른다.

내 혼자 마음 날같이 아시리

김영랑

강진으로 떠나기 위해 행장을 차렸다.

긴 장마 속에서도 휴가를 떠나고, 돌아오는 이웃들의 소식을 들으면서 창밖만 내다보다가 김영랑 시인을 만나 휴가를 즐기자는 생각을 했던 것이다

남도 답사 일번지라는 강진은 시인 김영랑의 고향이면서 다산 정약용의 18년 유배지로 몇 해전 다녀온 적이 있어 쉽게 떠날 수

있었는지도 모른다.

광주로 내려가 강진 가는 버스를 타자 다산초당에서 백련사로 넘어가는 고갯길과 백련사 법당 뜰에서 어린아이처럼 천진하게 뒹굴던 네 마리의 강아지가 그림처럼 떠오른다.

다산 초당의 정약용과 백련사 혜장선사와의 교류에 교두보 역할을 했던 숲속 오솔길은 오롯이 사람만이 다닐 수 있는 길다운 길, 다산초당과 백련사를 한데 묶어주는 그리운 길이다.

강진에 도착하여 김영랑의 생가를 찾아들었다.

다행이 터미널에서 영랑로를 따라 도보로 10여 분 거리에 있어 얼마나 반가운지, 지난번 이육사 문학관을 찾아 안동을 갔다가 대중교통도 원활치 못한 먼 곳에 위치해 있어 고생을 했던 터라 터미널 가까이서 시인을 만날 수 있다는 것은 오직 두 발이 교통수단인 내겐 축복이었다.

생가는 시인이 1903년에서 1948년 9월 서울로 이사를 하기 전까지 46년을 살았던 곳이다.

문앞에서 님의 대표작 <모란이 피기까지가> 먼저 객을 반긴다.

모란이 피기까지는
나는 아직 나의 봄을 기둘리고 있을 테요
모란이 뚝뚝 떨어져 버린 날
나는 비로서 봄을 여읜 설움에 잠길 테요
오월 어느 날 그 하루 무덥던 날
떨어져 누운 꽃잎마저 시들어 버리고는

천지에 모란은 자취도 없어지고
뻗쳐오르던 내 보람 서운케 무너졌느니
모란이 지고 말면 그뿐 내 한 해는 다가고 말아
삼백 예순 날 하냥 섭섭해 우옵네다
모란이 피기까지는
나는 아직 기둘리고 있을 테요 찬란한 슬픔의 봄을

영랑(김윤식)은 이곳 강진읍 탑동 부유한 집안에서 장남으로 태어나 강진 보통학교와 서울 휘문고보를 졸업하고 동경서 영문학을 전공했다.

3·1운동이 일어나자 독립선언문을 품에 안고 고향으로 내려와 그해 4월 4일 강진 장날 만세운동을 기도하다가 일본경찰에 체포되어

대구 형무소에서 6개월간 복역하였으며 일본으로 유학을 떠났다가 관동대지진으로 귀국하여 고향으로 돌아왔다.

한때 당대 최고의 무용가 최승희와 사랑에 빠지기도 했으나 어린 나이에 결혼하여 일 년여 만에 아내와 사별했던 님은 23세때 고향에서 두 번째 결혼을 했다.

1931년 정지용, 정인보 등과 《시문학》 동인으로 시작활동에 참여하여 그해 3월 창간호에 <모란이 피기까지는> 등 6편을 발표하였고 1935년에 영랑시집을 발간하면서 본격적인 시인의 길로 접어들었다.

일제의 탄압이 심해지면서 동료 시인들이 꺾여 나갈 때 님은 붓을 놓고 지조를 지키다가 해방이 되자 우익 청년운동에 정열을 쏟았으며 1950년 9·28수복의 날 포탄 파편을 맞아 9월29일 서울 자택에서 48세로 숨졌으며 서울 망우리에 잠들어 있다.

님은 그의 생애를 통해 81편의 시를 남겼으며 그 대부분의 작품을 창씨개명과 신사참배를 외면하고 강진에 칩거하면서 이곳 생가에서 썼다.

은행나무가 차양을 드리우고 동백나무와 대숲이 우거진 초가를 들어서자 詩로 태어났던 현장들이 고스란히 그 모습을 드러낸다.

사랑채 옆 모란 밭은 <모란이 피기까지>의 현장으로 예전에는 수십 년 묵은 모란이 여러 그루 있어 5월 중순이면 모란꽃들이 다투어 피어나 그 향기가 일대에 진동했다고 하나 그때의 고목은 사라지고 새로 조성한 모란 밭이 대신하고 있다.

마당 한편 돌로 쌓은 우물은 <마당 앞 맑은 새암 물>을 낳은 시샘詩井으로 그 자리에서 고요하고, 장독대에서는 누이가 떨어지는 감잎을 줍는다. 님의 시야가 머문 곳 그리고 마음이 머물었던 것들은 모두 시로 태어나 님을 대신하여 그 자리를 지키고 있다.

그가 앉았을 누마루에 앉아 어린 나이에 아내를 잃은 슬픔을 노래한 <쓸쓸한 뫼앞에>를 떠올린다.

쓸쓸한 뫼앞에 호젓이 앉으면
마음은 가라앉은 양금줄 같이
무덤의 잔디에 얼굴을 부비면
넋은 향맑은 구슬손같이
산골로 가노라 산골로 가노라
무덤이 그리워 산골로 가노라

님은 음악에도 조예가 깊어 양악을 전공하려다 부친의 반대로 뜻을 이루지 못했으나 남도 가락 특히 판소리나 육자배기를 좋아해 그의 사랑채에는 임방울, 이화중선 등 명창들이 자주 드나들었다.

음색도 고왔으며 북을 치는 솜씨는 웬만한 고수들도 혀를 내둘렀다고 하니 님에게도 남도 예인의 숨결이 배어 있었던 모양이다.

<돌담에 속삭이는 햇살>을 어루만지며 뒤란을 돌아 언덕을 오르니 천일각이 나오고 강진 시가지가 한 눈에 들어온다. 고요한 강진만과 시원한 월출산이 그에게 시심을 불어 넣어 주었음을 짐작할 수 있는 풍경이다.

생가를 나와 바로 아래 위치한 '강진향토문화관'으로 들어가 결혼사진과 가족사진 등, 님의 생전 모습들을 만나고 소녀시절 가장 애송했던 님의 시 <내 마음 아실이> 앞에서는 한참 동안 그리움에 젖어 있었다.

내 마음 아실이
내 혼자 마음 날 같이 아실이
그래도 어데나 계실 것이면
내 마음에 어리우는 티끌과
소김없는 눈물의 간곡한 방울방울
푸른 밤 고히맺은 이슬가튼 보람을
보밴듯 감추었다 내어드리지
아!
그립다
내 혼자ㅅ마음 날가치 아실이
꿈에나 아득히 보이는가
행말근 玉돌에 불이 다러
사랑은 타기도 하오련만
불비테 연긴 듯 히미론 마음은
사랑도 모르리 내혼자ㅅ 마음은

문화관을 나와 하룻밤 쉴 곳을 찾아 백련사 가는 길에 강진읍 입구 영랑로터리에 우뚝 서 있는 님의 동상을 만나 사진 한 장을 찍는다.

햇살을 등지고 서있는 모습이 의연하다.

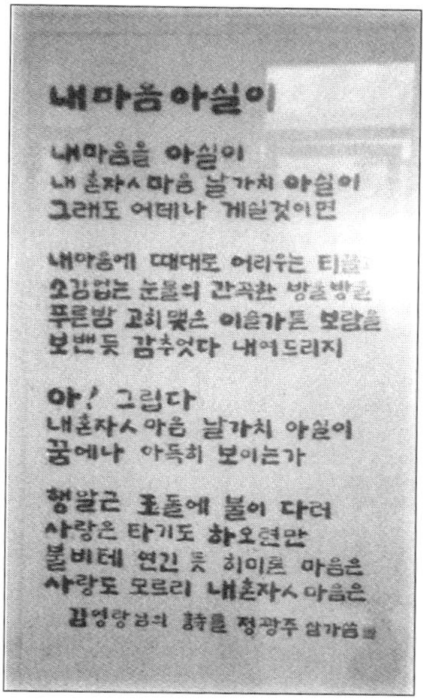

아름다운 강진만

정해진 요금으로 택시를 탔으나 백련사로 바로 들어가는 길을 두고 아름다운 강진만을 서행으로 돌아간다.

바다를 보고 싶어 하는 승객의 속마음을 읽었을까. 바다 냄새를 맡자 여로에 지쳐 있던 심신이 자리를 차고 일어선다.

드러난 개펄과 고물거리는 각종 생물들. 바다 위를 날아오르는 철새무리, 파랗다 못해 눈시린 하늘에 하얗게 떠가는 뭉게구름, 저만치 물러나 앉은 야트막한 산들과 작은 섬, 감탄사를 연발하자 기사 아저씨 차를 세우며 구경을 하라고 친절을 베푼다.

개펄로 내려가 생물들과 놀다가고 싶은 마음 간절하지만 차에서 내려 사진 몇 장 찍는 걸로 대신하고 언제 다시 오마고 마음속으로 다짐을 하고 차에 올랐다.

화사하고 행복했던 시간은 잠깐, 백련사로 올라가 승방에 짐을 풀었으나 어쩐지 스산하다.

전날 미리 전화를 해 두었으나 마침 템플스테이 기간이라 방이 마땅치 않다며 내어준 골방은 무더위에 바람도 통하지 않고 법당과 인접해 있어 답답하다는 생각을 떨칠 수가 없다.

잠들기는 아직은 이른 시간이라 마침 절 입구에서 보아둔 간이 식당이 있어 아래로 내려가 전라도 지방의 별미인 팥칼국수로 식사를 하고 올라와 잠을 청했으나 잠이 올 것 같지가 않다.

풍경만 바람 한 점 없는 처마에서 잠이 들고.

백련사에서 만나는 다산과 혜장

만덕산자락 동백의 숲속에 자리 잡은 백련사는 사기寺記와 정약용의 만덕사지萬德寺誌에 의하면 신라 문성왕 때 무염국사가 창건한 뒤 1170(의종 24)승려 원묘가 중건 주석하면서 획기적인 발전을 이룩했다고 되어 있다.

고려 말에는 왜구에 의해 폐허화되었으나 조선 세종 때 효종대군의 보호 아래 가람을 재건하였으며《동국여지승람》에는 이 절을 가리켜 "남쪽 바다에 임해 있고 골짜기 가득히 송백이 울창하며 동백 또한 곁들여져 사계절을 통해 한결같은 절경"이라 했다.

백련사는 다산 정약용과 혜장선사와의 인연으로도 널리 알려진 사찰이다.

최고의 실학자인 다산과 불가의 손꼽히는 학승이었던 혜장 선사는 서로의 학문적 깊이에 빠져 급속도로 가까워졌다. 죄인으로서 다산과 당시 8대 천민으로 불리던 승려의 신분적 동질감도 작용했을 것이다. 만나면 차를 마시며 불교와 주역에 관한 얘기로 밤을 새웠다 했으니 정약용 생애에 강진 유배기간이 없었다면 과연 그 방대한 명저를 남길 수 있었을까 싶다.

그때 정약용이 혜장선사한테서 차 대접을 받으면서 조선역사에 차가 재등장하는 계기가 되었다고 하나 유배가기 전 벼슬살이 할 때도 차시를 쓴 기록이 남아 있다.

그러나 다산이 차에 깊이 빠지게 된 시기는 강진 유배시였으며 정약용이 혜장선사에게 차를 청하는 '걸명소'를 보면 다산이 차를 얼마나 즐겨 마셨는지를 알 수 있다.

나는 요즘 차를 탐하는 사람이 되었으며/ 겸하여 약으로 삼고 있소/ 차가운데 묘한 법은/ 보내주신 육우다경 3편이 통달케 하였으니/ 병든 큰 누애(다산)는 마침내/ 盧仝의 칠완다를 마시게 하였소/

중략

아침에 달이는 차는 흰구름이 하늘에 맑게 떠 있는 듯 하고/ 낮잠에서 깨어나 달이는 차는/ 밝은 달이 푸른 물위에 잔잔이 부서지는듯하오/ 다연에 차 갈 때면 잔 구슬처럼 휘날리는 옥가루를/ 산골의 등잔불로서는 좋은 것 가리기 아득해도/ 자순 차의 향내 그윽하고/ 불 일어 새 샘물 길어다 들에서 달이는 차의 맛은/ 신령께 바치는 백포의 맛과 같소

중략

부끄러움 무릅쓰고 차 보내주시는 정다움 비는 바이오/ 듣건 데 죽은 뒤 고해의 다리 건너는데 가장 큰 시주는/ 명산의 고액이 뭉친 차 한 잔 몰래 보내주시는 일이라 하오/ 목마르게 바라는 이 염원 부디 물리치지 말고 배픔 주소서

다산과 혜장선사는 혜장이 사십 세로 세상을 떠나기 전까지 6년 동안 교유하였으며 혜장선사는 정약용에게 다산茶山이라는 호를 지어 주었다.

그 이후 차 문화는 정약용보다 24세 아래인 초의선사와 김정희로 이어졌으니 백련사와 다산의 만남은 특별하다 하겠다.

최근에 강진군이 다산의 친필편지 등 미공개 유물을 공개하였는데 그 중에는 다산이 아암 혜장선사를 위해 쓴 한시와 편지를 묶은 시첩 견월첩見月帖도 포함돼 있어 혜장선사가 정약용보다 열 살 아래였지만 당시 스님과 유학자간의 나이와 종교를 넘어선 각별한 우정을 읽을 수 있다.

아침 일찍 여장을 챙겨 승방을 나서니 지난번 왔을 때 만났던 하얀 강아지 가족 네 마리의 모습은 흔적도 없고 까만 개 한 마리가 줄에 매여 낑낑거리고 있다.

불가에서는 모든 생명에 불성이 깃들어 있다고 했다. 부처를 닮아있던 강아지들은 다 어디로 갔을까, 무상함인 줄 알면서도 법당 뜰에서 자유롭게 뒹굴던 그 아름다운 모습을 만날 수 없어 서운함을 감출 길 없다.

버스를 타기 위해 휘적휘적 큰길을 향해 내려가는데 중학생인 듯한 소녀 세 명이 뒤를 따른다.

다산초당에서 백련사 넘어오는 고갯길을 넘어왔다면서 출발지인 다산초당으로 되돌아가려면 어떤 길로 가야하느냐고 묻는다.

기특하다.

온 길을 다시 되짚어갈 수도 있었겠지만 새로운 길, 낯선 길을 택한 것이다.

큰길까지 내려와 갈림길에서 소녀들은 다산초당을 향해 가고 나는 언제 올지 모를 버스를 기다리며 홀로 서있다.

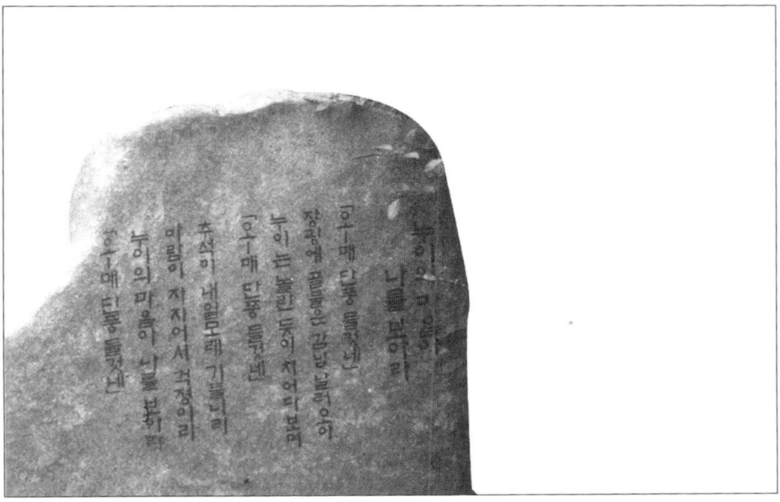

그곳이 차마 꿈엔들 잊힐 리야

정지용

얼굴 하나야
손바닥 둘로
폭 가리지만

보고 싶은 마음
호수만 하니
눈감을 수밖에

—정지용

새벽 창을 두드리는 소리에 이른 잠에서 깨어났다.

가을비다.

추연하다.

가만히 일어나 앉아 빗소리를 듣고 있으니 적막하기 이를 데 없고 세상사 비켜난 수도처처럼 고요하고 또 고요하여 그 깊이를 가늠하기 어렵다.

평화다.

정지용 생가를 가다

정지용은(1902-?) 충북 옥천에서 한약방을 경영하던 정태국의 맏아들로 태어났다.

4년제인 옥천공립보통학교를 아홉 살에 들어가 1914년에 졸업했으며 졸업하기 전 12살 때 동갑내기와 결혼을 하고 같은 해에 아버지의 영향으로 카톨릭에 입문했다.

휘문고등보통학교를 졸업 후 일본 도오시샤대학 영문과를 졸업하고 귀국하여 16년 동안 휘문고보에 교사로 재직하였다.

1926년 《학조學潮》의 창간호에 마음의 일기에서 시조 9수, 동시 5편, 시 3편을 발표하면서 본격적인 문단활동을 시작하여 그가 남긴 작품집은 《백록담》 《정지용 시집》 《정지용 시선》 《문학독본》

산문 집 등이다. 1930년 김영랑과 박용철이 창간한 시문학 동인으로 참가했으며 《카토릭청년》 편집고문으로 있으면서 이상李箱의시를 세상에 알렸다.

1939년에는 문장의 시 추천위원으로 있으면서 박목월, 박두진, 조지훈 등의 청록파 시인들을 등단시켰다. 1945년 해방이 되자 이화여대로 옮겨 교수 및 문과과장이 되었고 다음해에는 경향신문 주간 일을 맡아보았으며 조선문학가동맹에 가입했던 이유로 보도연맹에 가입하여 전향강연에 종사하기도 했다.

6·25전쟁 이후의 행적에는 납북, 월북이라는 말이 돌았고 포로수용소에서 그를 보았다는 설이 나돌기도 했으나 아직도 정확한 사실은 밝혀지지 않고 있으나 오랫동안 빨갱이 시인으로 오인되어 그의 작품들이 세상 빛을 보지 못하다가 1988년 해금과 더불어 우리 곁으로 돌아왔다.

그가 <꿈엔들 잊힐 리요> 노래했던 그 고향으로.

넓은 벌 동쪽 끝으로/ 옛 이야기 지줄 대는 실개천이 휘돌아나가고/ 얼룩백이 황소가/ 해설피 금빛 게으른 울음을 우는 곳/ 그곳이 차마 꿈엔들 잊힐 리야/ 질화로에 재가 식어지면/ 비인 밭에 밤바람 소리 말을 달리고/ 엷은 졸음에 겨운 늙으신 아버지가/ 짚베개를 돋아 고이시는 곳/ 그곳이 차마 꿈엔들 잊힐 리야/ 흙에서 자란 내 마음/ 파아란 하늘빛이 그리워/ 함부로 쏜 화살을 찾으러/ 풀섶 이슬에 함추름 휘적시던 곳/ 그곳이 차마 꿈엔들 잊힐 리야/ 전설바다에 춤추는 밤물결 같은 / 검은 귀밑머리 날리는 어린 누이와/ 아무렇지도 않고 예쁠 것도 없는/ 사철 발 벗은 아내가/ 따가운 햇살을 등에 지고 이삭 줍던 곳/ 그곳이 차마 꿈엔들 잊힐 리야/ 하늘에는 성근 별/ 알 수도 없는 모래성으로 발을 옮기고/ 서리 까마귀 우지 짖고 지나가는 초라한 지붕/ 흐릿한 불빛에 돌아앉아 도란도란거리는곳/ 그곳이 차마 꿈엔들 잊힐 리야.

그의 복권으로 그에 관한 논문, 평론이 쏟아져 나오면서 명예도 회복되기 시작했다.

고향마을의 거리 이름이 지용로로 바뀌었는가 하면 생가가 복권되고 문학관이 들어섰으며 그가 다닌 초등학교와 체육공원에 흉상이 세워지고 시비도 세워졌다.

옥천군 옥천면 하계리 님이 어릴 때 자라던 집은 1974년 헐리고 그 뒤에 새로 지었다는 전통초가집이 님의 시비 <향수>를 앞에 하고 정갈하게 방문객을 맞이한다.

집 앞으로는 님의 시에 나오는 실개천이 흐르고 황토 흙담을 따라 피어난 봉선화, 금송화가 예쁘고 호박넝쿨이 담장을 타고 흐르듯 뻗어간다.

싸리문을 살짝 밀고 들어서니 장독대가 저 홀로 집을 지키고 님은 사랑방에 앉아 말없이 객을 반긴다.

벽에는 이곳이 생가 터임을 밝히는 '지용 유적 제 1호'라는 표지판이 붙어있다. 님을 그리는 '지용회'가 세운 것이다.

님의 향기를 쫓아 기웃거리고 있으려니 담장 밖에서 남정네 둘이서 알은체를 하며 점심시간이라 문학관을 비우며 한 시간 후에 돌아오겠다고 묻지도 않은 말을 건넨다.

담 너머에 있는 정지용문학관에 근무하는 직원과 해설사라고 한다.

점심때가 되었나 보다.

우리도 닫힌 문 앞에서 기다리느니 식사를 하자하여 정갈하게 보이는 식당으로 들어가 식사를 하고 나와 동네를 둘러보니 그저 나지막하고 소박하여 고향에 돌아온 듯 정겹다.

정지용 문학관

1996년 정지용생가 바로 옆에 정지용문학관이 문을 열었다.

이문학관은 정지용 문학의 실체를 보고 느끼고 감상하고 체험할 수 있도록 문학전시실과 영상실 문학교실 등이 마련되어 있다.

문학관을 들어서니 님이 벤치에 앉아 관람객을 맞이한다.

님이 생전에 즐겨 입었던 까만 두루마기를 입고 실물인 듯 앉아 있어 깜짝 놀라기도 했다.

곁에 살며시 앉아 님의 손을 잡을 듯 가만히 쳐다보니 살아 움직이는 듯 손끝에서 시 한 수가 금방 일필휘지로 태어나 문학관 전시실벽에 걸린다.

가을볕 째앵하게
내려쪼이는 잔디밭

함빡 피어난 다알리아
한낮에 함빡핀 다알리라

시악시야 네 살빛도
익을 대로 익었구나

젖가슴과 부끄럼성이
익을 대로 익었구나

시악시야 순하디순하여다
암사슴처럼 뛰어다녀보아라

물오리 떠돌아다니는
흰 못물같은 하늘 밑에

얼굴하나야
손바닥둘로
폭가리지만
보고싶은마음
호수만하니
눈감을밖에

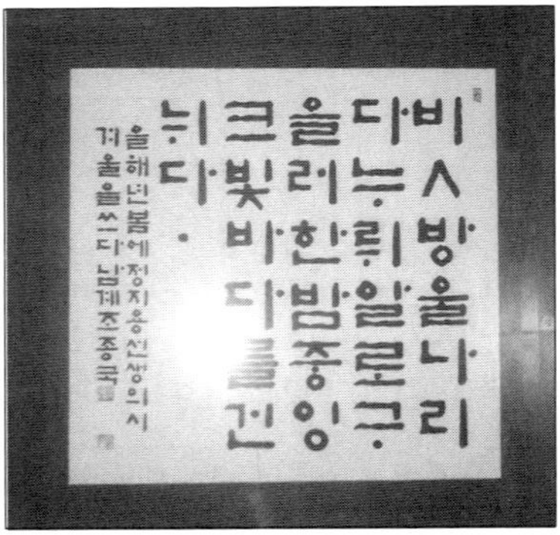
비ㅅ방울나리
다·누뤼알로구
을러한밤중잉
크빛바다를건
늬다·
을해년봄에정지용선생의시
겨울을쓰다남계조종국

함빡 피어나온 다알리아

피다 못해 터져 나오는 다알리아

—<다알리아> 전문

지용연보실에는 님이 살았던 시대적 상황과 문학사의 전개를 연도별로 구분해 놓았고, 1910년부터 1950년대까지 현대시가 어떻게 변화하고 발전하였는가를 한 눈에 볼 수 있도록 했으며 그 역사적 흐름 속에서 정지용시인이 차지하는 비중을 알아볼 수 있다. 그의 작품집이 초간본으로 전시되어 있으며 육필원고가 있다.

또한 영상실 에서는 정지용시인의 삶과 문학, 인간미등을 서정적이며 회화적으로 그린 다큐멘터리 형식의 영상이 상영되고 있어 문학관을 세세히 한 바퀴 둘러보고 나면 정지용의 삶과 문학에 가까이 접근할 수 있어 그에 대한 앎을 쌓을 수 있겠다.

문학관뜰에는 정지용님의 동상이 우뚝 높이 솟아있다.

누가 그랬다.

장군이 아닌 시인의 동상을 저리도 높이 세운 연유는 무엇일까.

강진 로터리에 서있는 김영랑, 그리고 춘천의 김유정 동상도 어딘지 시인의 모습과는 거리가 멀다는 생각을 하게하였다.

본인들이 살아서 이 모습을 보았다면 아마 눈살을 찌프렸을 거라는 생각을 해본다.

어쨌든 생가와 문학관에서 여러 행태의 그의 모습을 만나보고 돌아 나와 가까이 있는 님이 다닌 옥천공립 보통 학교 교정 꽃밭, 원

추리꽃, 초롱꽃들 사이에서서 <산 너머 저쪽> 님의 시비도 만났다.

산 너머 저쪽에는
누가 사나
뻐꾸기 영우에서
한나절 울음 운다

산너머 저쪽에는
누가 사나
철나무치는 소리만
서로 맞아 쩌르릉

산 너머 저쪽에는
누가 사나
늘 오던 바늘 장수도
이봄 들며 아니 뵈네

옥천시내가 내려다보이는 체육공원에 올라 님의 흉상과 시비를 만났다.

작은 공원 한쪽에 해바라기를 하고 있는 님의 흉상, 그리고 그 앞 벤치에 흉상처럼 앉아있는 노인 한 분. 하염없이 동상지킴이인 것처럼 동상에 눈을 모으고 미동도 하지 않는다.

행여 매일 출근을 하여 님과 함께하는 것은 아닌지.

죽은 자와 산자가 닮은꼴로 그렇게 하염없이 앉아있다.

육영수 생가

정지용님의 시비를 만나러 초등학교에 들렀다가 하얀 무궁화 꽃에 둘러싸인 육영수 여사의 휘호 탑을 만났다.

이 학교 27회 졸업생인 육영수 님의 후배사랑을 남긴 글이다.

웃고
뛰놀자
그리고
하늘을 보며
생각하고
푸른
내일의 꿈을
키우자

얼마나 반가웠는지 곁에 앉아 기념촬영을 하며 육영수 님을 향한 그리움으로 잠시 숙연해지기도 했다.

뒤미처 옥천은 육영수 여사님의 생가가 있는 곳이라는 것을 새삼 깨달아 생가를 찾아 나섰다.

정지용 님의 생가에서 걸어서도 갈 수 있는 가까운 거리 한 마을에 위치하고 있어 쉽게 찾아들었다.

그러나 그 당시에는 수리중이라 안으로 들어갈 수 없어 굳게 닫힌 대문 앞에서 고색이 창연한 긴 담장만 바라보고 아쉬움을 달래야했다.

그리고 얼마나 오래된 고목이었을까 대문 양옆으로 서 있었으나 잘려나간 두 그루의 나무 덩굴이 두 사람이 팔을 벌려 감싸도 모자랄 둥치만 남기고 베어져 나갔다.

왜 그랬을까 고사를 했을까, 아니면 무슨 이유로 베어냈을까.

톱날자국이 선명한 나무를 보니 비명에 간 육 여사의 모습이 오버랩되면서 처연해지는 심사를 누를 길 없었다.

인생이란 얼마나 헛되고 헛된가.

불행도, 행복도, 영화도, 신기루처럼 한 순간에 왔다가 한 순간 사라지는 것을 요즈음 세상사 돌아가는 것을 보면 한치 앞도 내다보지 못하면서 천년만년 영원히 영화를 누리고 살 것처럼 섶을 지고 불로 뛰어드는 사람들이 너무 자주 흔하게 보인다.

허겁지겁 어디로 가는지.

나 또한 어디로 가는지.

지금 그 사람 이름은 잊었지만

박인환

어디쯤 숨어있을까.

아주 오래전 어느 시인한테서 선물 받은 박인환의 《세월이가면》이라는 책 생각이 나서 책더미 속을 한참이나 뒤지다가 누렇게 퇴색된 책 한 권을 찾아내었다.

바스라질 것 같은 책장을 넘기자 그가 아주 해맑은 모습으로 싱긋이 웃고 있다.

'마리서사' 앞에서, 휘가로 다방 앞에서, 자신의 출판기념회에서, 6·25로 폐허가 된 명동의 동방 싸롱 앞에서도 명동백작이라는 칭호답게 말쑥한 정장차림이다.

금방 뚜벅뚜벅 우리들 곁으로 돌아와 무대 위의 배우처럼 《세월이 가면》을 멋지게 읊을 것 같은 환상에 빠져본다.

지금 그 사람 이름은 잊었지만
그의 눈동자 입술은
내 가슴에 있어

바람이 불고
비가 올 때
나는 저 유리창 밖
가로등 그늘의 밤을 잊지 못하지

사랑은 가고
과거는 남는 것
여름날의 호수가 가을의 공원
그 벤치 위에
나뭇잎은 떨어지고
나뭇잎은 흙이 되고

나뭇잎에 덮여서
우리들 사랑이 사라진다해도
지금 그 사람 이름은 잊었지만
그의 눈동자 입술은
내 가슴에 있어
내 서늘한 가슴에 있건만

박인환 하면 그의 대표 詩 <목마와 숙녀>가 먼저 떠오른다. 하지만 박인환이 쓴 시에 이진섭이 곡을 부쳐 테너 임만섭과 즉석에서 노래했다는 <세월이 가면>은 훗날 가수 박인희의 목소리에 실려 우리들에게 더욱 익숙하게 다가왔다. 명동싸롱 맞은편 빈대떡을 안주로 구워 파는 '경상도 집'에서 박인환, 이진섭, 임만섭은 초라한 빈대떡집 깨어진 유리창 사이로 쌀쌀한 밤기운이 스며드는 테이블에 앉아 서로 대폿잔을 돌리며 시를 짓고 곡을 붙이다 또 노래를 부르는 그야말로 가장 즉흥적인 축제를 벌였으리라.

우리는 이 詩를, 이 노래를, 얼마나 많이 읊었으며 불렀는가. 시인은 가고 없지만 지금도 바람소리처럼 귓가에 맴돈다.

훤칠한 키와 잘생긴 얼굴로 명동백작 댄디보이라 불렸던 시인은 모더니즘과 조니 워커와 럭키 스트라이크를 좋아했다.

그가 얼마나 완벽한 멋쟁이었는가는 박인환의 시우詩友였던 김차영의 말을 빌려보면 알 수 있다.

그가 입고 다니는 양복은 외국 고급천에 일류 양복점의 라벨이 붙어 있었다. 한결같이 초콜릿색계의 싱글로 넥타이도 늦가을에 농익은 홍시빛 단색, 검정 아니면 코오피색 고급 양말, 주로 초콜렛색 구두, 이렇게 그의 날씬한 몸매에 착 어울리는 모습이었다. 흐린날은 손잡이가 묘한 검정 박쥐우산, 봄, 가을엔 우윳빛 레인코우트, 또 겨울엔 러시아 사람들처럼 깃이 넓고 기장이 긴 진회색도 검정도 아닌 중간색의 헐렁한 외투를 입고 다녔다.

그리고 누구나 노타이 차림으로 다니는 여름을 가장 싫어하고 겨울을 기다렸는데 그것은 긴 겨울 코트를 입기 위해서였다.

나도 코트를 입을 수 있는 겨울을 좋아하는 사람이라 그이처럼 긴 겨울코트를 입고 겨울바람이 부는 거리를 지나 박인환의 고향 인제를 찾아 길을 떠났다.

필자가 박인환의 발자취를 좇아 인제를 찾았을 당시에는 한용운의 그늘에 가려서인가 시인 박인환의 자취를 찾기란 그리 쉽지 않았으나 현재는 산촌민속박물관 터에 36억원의 사업비를 들여 박인환문학관이 세워졌으며 박인환의 거리도 생겼다.

박인환(1926-1956)은 인제군 인제읍 상동리에서 태어났다.

11세 때 아버지를 따라 서울로 올라가 덕수공립보통학교에 편입하고 14세 때 경기중학교에 입학했으나 자퇴하고 한성중학을 거쳐 황해도 재령의 명신중학교를 졸업한다. 그리고 평양의학전문학교에 들어갔으나 학업을 중단하고 서울로 상경, 서점 '마리서사'를 2년간 경영한다.

서점을 경영하면서 문단의 많은 사람들을 만나게 되는데 30년대 모더니즘의 대표적인 시인 김광균을 비롯하여 오장환, 임호권, 김병욱, 양병식 김수영, 화가 박일영 등이 매일 모여들어 문학의 꽃을 피워 작품 활동을 열심히 하는 계기가 되었으며 1946년 12월 국제신보에 <거리>라는 작품을 발표하면서 시인으로 데뷔한다.

1949년 경향신문 기자와 1951년 종군기자로도 활약하였으며 이후 그의 살아생전 첫 시집 《박인환 선 시집》이 나온다.

또한 마리서사에서 만난 이정숙과 결혼하여 삼 남매를 두었으나 늘 형편이 어려웠으며 1956년 3월 20일 밤 9시 시인 이상의 죽음을 슬퍼하며 연일 과음을 하다가 술에 취한 채 집에 돌아와 심장마비로 눈도 감지 못하고 갑자기 세상을 떠난다.

<목마와 숙녀>를 발표한 지 5개월 만으로 그의 나이 31세였다.

한 잔의 술을 마시고
우리는 버지니아 울프의 생애와
목마를 타고 떠난 숙녀의 옷자락을 이야기 한다
목마는 주인을 버리고 거저 방울소리만 울리며
가을 속으로 떠났다
술병에 별이 떨어진다
상심한 별은 내 가슴에 가볍게 부서진다
그러한 잠시 내가 알던 소녀는
정원의 초목 옆에서 자라고
문학이 죽고 인생이 죽고
사랑의 진리마저 애증의 그림자를 버릴 때
목마를 탄 사랑의 사람은 보이지 않는다

세월은 가고 오는것
한때는 고립을 피하여 시들어가고
이제 우리는 작별하여야한다
술병이 바람에 쓰러지는 소리를 들으며
늙은 여류작가의 눈을 바라보아야한다
…등대에…….
불이보이지 않아도
거저 간직한 페시미즘의 미래를 위해
우리는 처량한 목마소리를 기억하여야한다
모든 것이 떠나든 죽든
거저 가슴에 남은 희미한 의식을 붙잡고
우리는 버지니아울프의 서러운 이야기를 들어야한다
두 개의 바위틈을 지나 청춘을 찾은 뱀과 같이
눈을 뜨고 한 잔의 술을 마셔야한다
인생은 외롭지도 않고
거저 잡지의 표지처럼 통속하거늘
한탄할 그 무엇이 무서워서 우리는 떠나는 것일까
목마는 하늘에 있고
방울 소리는 내 쓰러진 술병 속에서 목메어 우는데

인제 빙어축제

인제는 백담사와 만해마을, 겨울에는 빙어축제와 황태덕장으로도 유명하다.

마침 빙어축제기간이라 관광객이 끝없이 밀려드는 소양호에는 빙어보다 사람이 더 많지 않을까 싶을 정도로 길려드는 차량과 사람들로 인산인해다. 내설악 지류와 내린 천의 관문인 소양호는 전국최대의 호수로서 300만 평의 빙판이 형성된다.

빙판위에서 펼쳐지는 여러 가지 다양한 행사프로그램도 눈길을 끌지만 그래도 역시 얼음구멍을 뚫고 가족끼리 둘러앉아 빙어낚시를 하는 것이 제격인 듯하다.

그러나 빙어를 낚아 즉석에서 초고추장에 찍어먹는 것은 좀 그렇다.

팔딱이는 고기를 입으로 넣는 아이들은 생명에 대해 어떻게 생각할까.

간혹 텔레비전을 보고 있자만 현지 취재 나간 모니터요원들이 특이 아가씨들이 산 낙지를 입으로 잘라먹으면서 맛있다, 맛있다를 연발하거나 살아있는 물고기를 치켜들고 싱싱하게 맛있게 생겼다하며 즉석에서 살아있는 고기를 요리하는 장면을 보여줄 때 혹여나 시청하는 아이들이 생명의 소중함에 대해 무엇을 배울까 하는 노파심이 드는 것도 솔직한 고백이다.

홀로 이리저리 거닐며 빙어낚시 구경을 하다가 빙판을 나와 황태구이 시식도 하고 신명나게 펼쳐지는 품바타령도 구경하고는 목로에 앉아 빈대떡과 막걸리 한잔으로 성찬을 즐기는데 웬 남정네가 다가와서 혼자 마시냐고 말을 건넨다.

생각 있으면 한 잔 하라 권했더니 축제행사에 도우미로 참여한 공무원이라면서 이것저것 먹을 것도 챙겨다주고 앞에 앉아 박인환의 <세월이 가면>도 읊는다. 나도 "인생은 외롭지도 않고 거저 잡지의 표지처럼 통속하거늘 한탄할 그 무엇이 무서워서 우리는 떠나는 것일까" <목마와 숙녀>로 화답을 하고 드디어 빈 술병에 내린천의 겨울바람소리만 채워두고 자리에서 일어났다.

짧은 인연이지만 객지에서 낯선 사람과 잠시나마 같은 주제로 얘기하며 길을 좁힐 수 있다는 것은 나그네가 누릴 수 있는 여행의 진미다.

해는 서산으로 시름시름 걸어가고 300만평의 빙판은 거울처럼 반짝인다. 강을 둘러싸고 있는 산 또한 절경으로 하얗게 눈에 덮인 모습 그대로가 한 폭의 그림이다. .

이렇듯 산수가 아름다운 시골에서 자란 박인환은 서울에 살아도 늘 아름다운 고향산천을 그리워하고 어머니를 그리워했다.

관절염으로 다리를 절룩이면서도 아들 손을 잡고 학교로 데려다주고 끝날 때까지 느티나무아래서 기다리던 어머니를 안타까운 마음으로 바라보았으며 후일 그는 <전원>이라는 시에서 어머니를 노래한다.

절름발이 내 어머니는
삭풍에 쓰러진
고목 옆에서 나를
불렀다
얼마 지나
부서진 추억을 안고
염소처럼 나는
울었다

인제 산촌 박물관

인제 막걸리 한 병을 배낭에 챙겨 넣고 다음 행선지인 산천민속 박물관으로 향한다.

인제의 사라져가는 민속 문화를 체계적으로 보존, 전시하고 있는 유일의 산촌민속 전문박물관으로서 2003년 10월 개관하였다고 되어 있다.

전시내용은 산촌사람들의 생업과 신앙, 음식, 놀이 등을 모형, 실물, 패널, 영상매체 등으로 2개실 36코너에 전시하고 있다.

그러나 기대를 크게 가진 탓일까.

웅장한 콘크리트 건물과 달리 지방 어느 곳을 가더라도 한 두 군데 모아 놓은 우리들의 옛 생활 방식과 생활용품들, 별로 새로울 것이 없다는 생각이 들고 그리고 산촌 생활상을 소개한다면서 저토록 크고 웅장한 시멘트 건물이 필요할까 하는 의구심을 떨구지 않을 수 없다.

오히려 저만치 저 홀로 사립문을 열고 앉아있는 너와나무집이 제격이 아닌가 싶다.

마지막 행선지인 국내 생산 70%를 차지한다는 황태덕장으로 옮겨간다.

황태덕장

황태는 섭씨 영하 10도 이하의 한랭한 고원지대에서 낮에는 녹고 밤에는 얼면서 겨우내 덕장에서 서서히 제살을 불리고 이듬해 봄바람에 말린 것을 황태라 한다.

사진으로만 보던 그 광활한 덕장의 모습이 얼마나 장관이었던지

그림을 볼 때마다 가슴을 설레였던 곳이라 기대를 크게 가졌으나 시간상 길가에 있는 덕장을 택한 것인지 꿈꾸던 그런 모습은 보이지 않고 인적도 없다.

버스가 선 곳은 황태를 위시하여 건어물을 판매하는 큰 매장이 있는 곳이라 여행객들이 너도 나도 매장으로 들어가 열심히 흥정을 하고 있는 사이 나는 큰길 너머에 있는 덕장을 발견하여 아슬아슬하게 길 난간에 서서 카메라 랜즈의 초점을 맞추었으나 속으론 내심 서운하기 짝이 없다.

그래도 어쩌겠는가. 여행사 차를 탔으니 프로그램대로 따를 수밖에, 아직 황태가 되기 이전의 동태를 열심히 카메라에 담고 매서운 추위에 산비탈에 묶여 짖어 대고 있는 불쌍한 강아지들도 클로즈업시켜본다. 얼마나 답답하고 추울까.

밥그릇은 꽁꽁 얼어있고
북풍은 몰아치는데
묶여 있는 검둥이, 흰둥이
가슴이 막막하다

모두를 주섬주섬 챙겨들고 차에 오른다.

이제 귀가행이다.

지금 그 사람 이름은 잊었지만

깜빡 졸았는가. 눈에 익은 시인이 차창밖에서 흔들린다.

박인환인가, 아니다 박인환은 귀공자 모습을 하고 있을 텐데 땀에 절은 작업복에 얼굴은 검게 탔다.

박인환 시인을 좋아했던 박덩굴이라는 필명을 쓰는 시인이다.

그는 어데로 갔을까.

이번 작품을 시작하면서 그가 보내준 책《박인환평전》첫 장을 펼치자 그의 이름이 한 눈에 들어왔고 나는 그동안 이름을 잊고 있었다는 것을 알았다.

그러나 그 이름은 잊고 있었지만 언제나 고개를 꺾고 땅만 보고 걷던 그의 모습은 아직도 기억하고 있었던지 박인환에 대한 글을 쓰면서 내내 그의 그림자가 내 뒤에 서 있다는 느낌을 받았다.

그는 지금 어느 시공 속에 머물고 있을까.

그 이름은 잊었지만 그 초췌한 모습은 아직도 내 뇌리에 선명히 남아있다.

죽장에 삿갓 쓰고 방랑 삼천리

김병연

서쪽으로 이미 열세 고을을 지나왔건만
이곳에서는 떠나기 아쉬워 머뭇거리네
아득한 고향을 한밤중에 생각하니
천지 산하가 천추의 나그네길일세
지난 역사를 이야기하며 비분강개하지 마세
영웅 호걸들도 다 백발이 되었네
여관의 외로운 등불 아래서 또 한 해를 보내며
꿈속에서나마 고향 동산에 노닐어 보네

—김삿갓 <고향생각>

김삿갓으로 불리어지는 조선시대 방랑시인 난고蘭皐 김병연은 (1807-1863) 양주 화암동에서 태어났다. 삿갓을 쓰고 조선 팔도를 돌아다니면서 당시 양반 귀족들의 부패상과 죄악성, 비인도성을 풍자하는 많은 시를 남겼으며 작품집으로는 《김립 시집》이 있다.

순조 12년, 님의 나이 6세 때 선천부사로 있던 조부 김익선이 홍경래난 때 투항한 죄로 집안이 멸족위기에 처하자 형 김병하와 함께 황해도 곡산으로 피신해 살았으며 후일 폐족으로 사면돼 모친과 함께 곡산을 떠나 영월에 정착하였다

양반가의 자손으로 산골에 은거하면서도 모친으로부터 글을 배운 님은 훗날 영월 도호부 과거(백일장)에 응시한다.

그때 시제인 '논정가산충절사 탄김익순죄통우천論鄭嘉山忠節死嘆金益淳罪通于天'을 받아들고 집안 내력을 전혀 모르고 자랐던 그는 홍경래에 투항한 김익순을 경멸하고, 끝까지 싸우다 전사한 가산 군수 정시를 찬양하여 장원급제하였다.

급제 후 어머니로부터 그동안 숨겨두었던 집안 내력을 듣고 김익순이 할아버지라는 사실을 알게 되자 조상을 욕되게 한 불효와 역적의 후손이라는 불충의 자신을 한탄하여 하늘을 볼 수 없는 죄인이라 하여 삿갓을 쓰고 방랑생활을 시작하였다.

그가 할아버지 김익순을 얼마나 능멸하였는가를 한 눈에 알아볼 수 있는 시를 옮겨본다.

대대로 임금을 섬겨온 김익순은 듣거라
정공은 경대부에 불과했으나
농서의 장군 이능처럼 항복하지 않아
충신열사들 가운데 공과 이름이 서열 중에 으뜸이로다
시인도 이에 대하여 비분강개하노니
칼을 어루만지며 이 가을 날 강가에서 슬픈 노래를 부르노라
선천은 예로부터 대장이 맡아보던 고을이라

가산 땅에 비하면 먼저
충의로서 지킬 땅이로되
청명한 조정에 모두 한
임금의 신하로서
죽을 때는 어찌 두 마음
을 품는단 말인가
태평세월이던 신미년에
관서 지방에 비바람 몰아치니 이 무슨 변고인가
周나라를 받드는데는 노중련 같은 충신이 없었고
漢나라를 보좌하는 데는 제갈량 같은 자 많았노라
우리 조정에도 또한 鄭忠臣이 있어서
맨손으로 병란 막아 절개 지키고 죽었도다
늙은 관리로서 구국의 기치를 든 가산 군수의 명성은
맑은 가을 하늘에 빛나는 태양 같았노라
혼은 남쪽 발이랑으로 돌아가 악비와 벗하고
뼈는 서산에 묻혔어도 백이의 곁이라
서쪽에서는 매우 슬픈 소식이 들려오니
묻노니 너는 누구의 녹을 먹는 신하이더냐
가문은 으뜸가는 壯洞 김씨요
이름은 장안에서도 떨치는 淳자 항렬이구나
너희 가문이 이처럼 성은을 두터이 입었으니
백만 대군의 앞이라도 의를 저버려서는 안되리라
청천강 맑은 물에 병마를 씻고
철옹산 나무로 만든 활을 메고서는

임금의 어전에 나아가 무릎을 꿇듯이
서쪽의 흉악한 도적에게 무릎꿇었구나
너의 혼은 죽어서 저승에도 못갈것이니
지하에도 선왕들께서 계시기 때문이라
이제 임금의 은혜를 저버리고 육친을 버렸으니
한 번 죽음은 가볍고 만번 죽어야 마땅하리
춘추필법을 너는 아느냐
너의 일은 역사에 기록하여 천추만대에 전하리라.

이 시를 보면 그가 하늘을 바라볼 수 없어 삿갓을 쓰고 방랑 길을 떠난 이유를 알고도 남을 것 같다.

김삿갓 묘소

방랑시인 김삿갓의 유적지는 하동면 와석리 노루목에 위치하고 있다.

이곳은 차령산맥과 소백산맥 준령의 북단과 남단에 위치하고 있으며 경북 영주시와 충북 단양군과 경계를 이루는 3도 접경지역으로 산맥의 형상이 노루가 엎드려 있는 듯한 모습이라 하여 노루목이라 불려오고 있다.

김삿갓은 20세부터 방랑을 시작하여 40여 년 간 떠돌이 생활을 하다가 전라도 화순군에서 57세를 일기로 생을 마감하였다. 3년 후 아버지를 찾아 헤매던 둘째아들 익균에 의해 주거지인 이 노루목으로 이장하였으며 그의 묘는 1982년 영월의 향토사학자 정암 박영국

선생의 노력으로 처음으로 발견되었다.

영월군에서는 우리나라를 대표하는 시선詩仙으로 승화시켜 98년도 부터 매년 10월 초에는 '난고 김삿갓 문화잔치'를 연다.

기암괴석과 맑은 물이 흐르는 '곡동천'가에 차를 세우고 김삿갓 묘를 찾아 야트막한 산자락을 올려다보는데 김삿갓의 환생인가, 하얀 도포자락에 삿갓을 쓰고 죽장을 짚은 이가 홀연히 묘지 앞에 서 있다.

화창한 봄햇살과 바람에 나부끼는 흰빛에 눈이 부시다.

그도 삿갓시인이 되고 싶은가.

의미는 다르겠지만 우리 인생 또한 살다보면 어디론가 정처 없이 떠나고 싶을 때가 있다.

아무 걸림 없이 천하를 주유하고 싶다는 생각을 한다.

이룰 수 없는 꿈으로 남을지라도 그런 희망을 품을 수 있어서 오늘을 살아내고 있는지도 모른다.

삿갓 복장을 하고, 김삿갓 묘 앞에서 서성이는 그는 어디서 온 누구인가 알길 없이 그저 사진 한 장을 찍고 묘지를 벗어나 다리를 건너 '난고 김삿갓 문학관'으로 발걸음을 옮긴다.

문학관은 강원도 시책 사업의 하나로 2003년 개관되었다.

김삿갓 생애와 문학세계를 한 눈에 볼 수 있는 곳으로 김삿갓의 발자취를 좇아 일생을 바친 박영국 선생의 김삿갓 연구자료가 있다,

김삿갓의 출생, 성장, 사망 과정 등에 대해 소개하고 있으며, 더불어 김삿갓 주거지 복원모형, 김삿갓 시, 방랑생활 당시 지었던 시 등이 보관돼 있다.

자료실에는 김삿갓이 입고 신었을 법한 갓, 신발, 지팡이, 두루마기, 팔도전도 등, 각종 김삿갓 캐릭터가 전시되어 있으며 멀티미디어를 활용한 김삿갓 관련 자료를 상영하고 있다.

<내 삿갓>이라는 시詩가 흘러 나온다

정처 없이 떠도는 내 삿갓 빈배와 같아
한번 쓰고 난 뒤 사십 평생 함께 하네
더벅머리 목동이 소몰이 나갈 때의 차림이고
본래는 갈매기와 벗하는 늙은 어부가 쓰는 것이네
술 취하면 벗어서 구경하던 꽃나무에 걸어놓고
흥이 나면 손에 들고 누각에 올라 달을 보며 기뻐하네
사람들의 의관은 모두가 겉모습 치장뿐이지만
내 삿갓은 비바람 가득 몰아쳐도 근심이 없다네

선돌

여행 스케즐에 선돌을 보러간다는 프로그램이 있어 빠듯한 시간에 무슨 선돌? 하고 혼자 불만을 품었다가 막상 선돌이 눈앞에 펼쳐지자 아! 하는 감탄사로 입을 닫을 수 없었다.

어떤 화가가 저렇듯 절묘하고 아름다운 산수화를 그릴 수 있으랴.

선돌은 영월읍 방절리 서강에 위치한 바위 절벽으로 마치 큰칼로 절벽을 조개 내리다 그친 듯한 형상을 하고 있다.

영월이 자랑하는 절경 중에도 으뜸으로 일명 신선암이라고도 하는데 바위 뒤쪽 산 위에 서서 선암이 내려다보고 있는 강줄기를 바라보면 굽이 돌아 흘러내리는 아스라한 강줄기와 더불어 비경을 연출하고 있어 가슴이 먹먹하도록 벅찬 감동이 일어난다.

신도 아니고 인위적인 사람의 손길이 닿은 것도 아닌 자연이 주는 그대로의 신비다.

지금 이 순간에도 눈에 선한 두고두고 뇌리에서 사라지지 않을 아름다운 우리나라의 살아 숨쉬는 자연이다.

선암마을 한반도 지형

영월군 서면 옹정리 선암마을은 한반도 지형을 그대로 빼닮았다.

서강 지류인 평창강 푸른 물줄기가 휘돌아 만든 독특한 형세로 강변 바위절벽이 신선처럼 멋있다하여 선암仙巖마을로 불려진다.

한반도 속의 한반도를 보는 듯한 지형은 1999년 지금은 돌아가신 이 마을 사람이 우연히 마을 뒷산에 올랐다 이 경이로운 모습을 발견하게 되어 세상에 알려지게 되었다고 한다.

서강의 맑은 물줄기가 만들어낸 걸작으로 서해바다, 남해바다, 동해바다를 옮겨놓아 우리 땅을 그대로 복원한 듯 '한반도 지형'을 만들어 내고 있다.

절묘하다.

삼면이 바다인 토끼모양의 우리나라 지도 그대로다.

누가 그랬었다.

우리가 열심히 일해 벌어들인 달러가 외국여행과 유학자금으로 다 빠져나가 적자를 면치 못하고 있는데 어느 나라보다 산수가 빼어난 우리나라 금수강산은 다 가보았는지 모르겠다고.

나는 우리나라 문밖은 한 번도 나가보지 못해 우물 안 개구리라는 소리를 들을지 모르지만 소망이 있다면 외국여행보다 '김삿갓 노래'처럼 배낭하나 달랑 메고 우리나라 삼천리 방방곳곳을 찾아 떠나는 것이다.

죽장에 삿갓 쓰고 방랑삼천리
흰구름뜬 고개마다 가는 객이 누구냐
열두 대문 문간마다 걸식을 하며
술 한 잔에 시 한 수로 떠나가는 김삿갓

비운의 왕 단종

영월읍 영흥리 산 위에서 조선 비운의 제6대 왕인 단종의 능을 만나 참배하고, 남한강 상류에 위치한 단종 유배지 청룡포를 향해 발걸음을 옮겼다.

조선 제6대 왕인 단종은 숙부인 수양대군에게 왕위를 찬탈 당하고 상왕으로 있다가 그 다음해인 1446년 성삼문등 사육신들의 상왕 복위의 움직임이 사전에 누설됨으로써 상왕은 노산군으로 강봉되어 중추부사 노득해가 거느리는 군졸의 호위를 받으며 주천을 거쳐 이곳 청령포에 유배되었다.

이윽고 청령포에 도착하니 봄나들이 나온 상춘객들이 줄을 서서 배를 기다리고 있다.

수영을 할 줄 아는 이면 헤엄쳐 건널 수 있을 것 같은 불과 몇 십 미터 거리이지만 동, 남, 북 삼면이 물로 둘러싸이고, 서쪽으로는 육육봉이라 불리는 험준한 암벽이 솟아있어 나룻배를 이용하지 않으면 밖으로 출입할 수 없어 보이니 섬이나 다를 바 없다.

청룡포에는 단종이 머물던 본 채와 단묘유지비, 금표비 등이 역사를 말해주고 있어 그 기록을 남기고 있으나 거송으로 서 있는 노송들이 모두들 허리를 구부려 단종 어가를 바라보는 형세를 하고 있어 보는 이로 하여금 비감함을 자아내게 한다.

그 중에도 늙은 허리를 잔뜩 구부려 어가의 담을 넘어 단종이 머물던 방을 기웃이 들여다보는 노송이 버팀목을 지팡이처럼 의지하고 있는가 하면, 단종이 나무 위에 올라가 유배생활의 쓸쓸함을 달랬다는 갈라진 노송도 있어 관음송觀音松이라 불리어지는데 단종의 유배 당시 그 모습을 보았으며 때로는 오열하는 소리를 들은 나무라 하여 붙여진 이름이다.

단종의 심사를 엿볼 수 있는 시가 방 문 위에 걸려 있다.

천추의 원한을 가슴깊이 품은 채/ 적막한 영월땅 황량한 산 속에서/ 만고의 외로운 혼이 홀로 헤매는데/ 푸른 솔은 옛동산에 우거졌구나/ 고개 위의 소나무는 삼계에 늙었고/ 냇물은 물에 부딪쳐 소란도 하다/ 산이 깊어 맹수도 득실거리니/ 저물기 전에 사립문을 닫노라

같이 배를 건넌 일행보다 먼저 발걸음을 재촉하여 혼자 나룻배를 타고 뭍으로 돌아와 주막에서 영월 막걸리 한 잔을 청해 가신님께 먼저 올리고 나그네의 갈증도 단숨에 풀어본다.

다음에 다시 청룡포를 찾는다면 막걸리 한 병을 들고 건너가 관음송과 어가의 담장을 뚫고 허리를 굽힌 노송에게도 대접을 하리라.

한 송이 국화꽃을 피우기 위해

서정주

한 송이의 국화꽃을 피우기 위해
봄부터 소쩍새는
그렇게 울었나보다.

한 송이의 국화꽃을 피우기 위해
천둥은 먹구름 속에서
또 그렇게 울었나보다

그립고 아쉬움에 가슴 조이던
머언 먼 젊음의 뒤안길에서
인제는 돌아와 거울 앞에 선
내 누님같이 생긴 꽃이여

노오란 네 꽃잎이 피려고
간밤엔 무서리가 저리 내리고
내게는 잠이 오지 않았나 보다

어느 날 미당 서정주의 고향 질마재의 기사를 접한 순간 벌써 마음은 질마재를 향해 남쪽으로 내려가고 있었다.

님의 고향마을 담장에 그려진 샛노란 국화와 누님으로 선정된 마을 여인네를 그린 벽화가 환하게 웃으며 손짓을 하고 있었던 것이다.

미당 서정주(1015-2000)는 전북 고창군 부안면 선운리 질마재 마을에서 태어났다.

유년시절 서당에서 한문 수학을 하고 줄포공립 보통학교를 마치고 서울중앙고등보통학교에 진학하였으나 광주학생운동으로 퇴학당하는 등 순탄치 않은 학교생활을 하였다.

1936년 동아일보신춘문예에 시 <벽>이 당선되어 등단하였으며 김동리, 김광균 등과 함께 시 전문 동인지 《시인부락》을 창간하였다.

님은 65년이라는 오랜 작품활동을 통해 우리 현대시를 개척해 온 시인의 한 사람으로 우리 겨레어의 아름다움과 맛깔스러움을 높은 미적 경지로 승화시킨 시인으로 평가받기도 했다.

15권의 시집과 1천여 편의 시를 남겼으며 한국을 대표하는 문인으로 노벨문학상 후보에 5차례 추천되는 등 주옥 같은 작품들을 남기고 갔다.

선운사

남쪽으로 달려온 까닭 중에 또 하나, 선운사 동백꽃을 보리라 하는 기대가 더 컸는지도 모른다.

봄길을 따라 여행을 하고 싶어 오랜만에 완행 기차를 타고 겨울잠에서 깨어나는 들녘을 바라보며 남쪽으로 내려갔다가 다시 버스를 타고 올라갔기 때문에 선운사를 먼저 들리게 되었다.

남쪽에서 호남고속도로를 타고 올라가면 선운사가 먼저 나오고, 서울에서 서해안 고속도로를 달리면 미당 문학관이 있는 질마재가 먼저 나온다. 차를 타면 불과 십여 분의 거리이긴 하지만.

선운사로 들어서자 법당도 들리지 않고 발빠르게 동백숲으로 달려갔다.

동백숲이 붉게 타고 있으리라 기대를 한 탓일까, 더러는 먼저 피었다 떨어지고 이제 막 몇송이 피어나기도 하고, 아직은 갓 시집온 새색시처럼 봉오리를 꾹 닫고 있어 절정의 순간은 만나지 못했지만 그래도 낙화한 꽃봉오리와 피어난 꽃을 동시에 만날 수 있어 어느 한 순간 활짝 피어났다가 모가지째 떨구고 사라지는 동백꽃의 불타는 정열을 보는 것 같아 숙연해지기까지 한다.

나도 다시 태어나 사랑을 한다면 저렇듯 하리라.

단 한번 불같은 사랑을 하고 한줌 재로 사라지리라.

떨어진 꽃봉오리를 가만히 주워 손에 올려 들여다보는데 저만치서 다람쥐 한 마리가 갸웃이 나를 본다. 녀석을 바라보면서 가만가만히 발걸음을 옮긴다. 녀석을 카메라에 한 커트 담고 싶어 망원렌즈도 없는 조악한 카메라로 가까이 다가가길 시도했으나 역시나 숲속으로 재빠르게 사라진다.

그저 눈마주치기나 하고 말걸, 욕심을 부려 녀석을 달아나게 하였다.

나 길가다 아름다운 그대를 만나

바라보기만 하여도 고마운 것을
더 가까이 다가서길 욕심내다가
그대를 멀리 보내고 말았네
욕심내다가 놓치는 것이
어디 그대뿐이겠는가
사노라면 뒤늦게 깨닫기도 하지만
이미 먼길을 오고 말았다네

선운사禪雲寺는 신라 진흥왕이 왕위를 버린 날 미륵삼존이 바위를 가르고 나오는 꿈을 꾸어 세워졌다는 설도 있고 그보다 2년 늦은 557년 위덕왕 때 백제의 고승 검단이 창건했다는 설이 있다.

성종 때 크게 중창하여 경내의 건물이 189채나 되었으나 정유재란 때 거의 다 타고 광해군 때 다시 한 번 재건하였으며 그 후 근대까지 여러 차례 중수되었다.

현존하는 건물은 대웅전(보물 제1200호) 영산전, 명부전, 만세루, 산신각, 천왕문, 대방, 등이 있고 금동보살좌상 등 수많은 보물이 문화재로 지정되어 있으며, 이밖에 조상彫像과 사적비 등이 있다.

선운사 하면 도솔암을 금방 떠올리게 되는데 도솔암은 걸어서 약 한 시간 정도, 천마봉이 마주보이는 선운산 중턱 가파른 바위위에 날아갈 듯 앉아 있다.

영험한 기도처로 널리 알려져 많은 사람들이 찾아드는 곳이다.

선운사와 함께 세워졌으며 대웅전이 있고 그 위쪽에 나한전 마애불이 있다.

마애불상은 도솔암 왼쪽 암벽에 양각되어 있는 미륵좌상으로 높이만 17미터에 이르는 동양 최대의 마애불로 꼽히며 보물 1200호로 지정되어 있다.

선운사를 나오는 길, 쉬엄쉬엄 걸어 나오는데 미당의 시비詩碑 '선운사 동구' 가 길가에 비켜서있고 길을 따라 양 옆으로 토속품을 파는 여인네들이 죽 연이어 앉아 있다.

순간 미당 선생이 아버지의 장례를 치르고 서울로 돌아가는 길에 슬픈 심사를 달래며 술을 마시고 <아버지 돌아가시고>를 쓴 그 길목이 바로 여기라는 생각이 든다.

그러나 어찌 그 당시의 풍광을 엿볼 수 있으며 그 당시의 님의 심정을 알 수 있으랴만은 이 길과 인연이 있는, 그리고 여기 물건을 파는 여인네들과도 맥이 닿아 있을 것 같아 님의 시 <아버지 돌아가시고>를 옮겨본다.

1942년 8월, 내 출생지 전북 고창군 부안면 선운리에서/ 만년을 은거하시던 내 아버지가 58세로 돌아가시었는데/ 한마디의 유언도 없이, 앓는 소리도 없이, 붉은 윗수염 끝을 잠깐 만져보시고는/ 긴 여행길의 나그네 소년이 잠시 한 잠 붙이듯/ 스르르 눈을 감으며 숨을 거두시었다/ 아버지도 고도의 장출혈로 돌아가셨고/ 나도 지금껏 그 병을 유전으로 이어가고 있으니/ 내 임종의 꼴도 아마 이와 비슷할 것이다/ 나는 붉은 수염이 아니니 이것 하나나/ 다를 것이다/ 아버지가 일상 벌어 내게 남긴 유산은/ 이곳 선운리의 모시밭 이삼십 마지기에 심원면이란 곳에 여기저기 사 두신 전답 이삼십 마지기에/ 생명보험료 일금 일천 원야/ 그러나 재물에는 자고로 언제나 왁자한 말씽도 붙는 것이라/ 심원 면의 콩밭 몇 마지기 때문에는/ 재판소에도 귀찮게 끌려나가야 했고/ 또 그 후렴의 시로는 그 원수에게서 숭어회도 좀 얻어 먹어야만 했다.

청년시절에 굶주려 밤에 남의 소를 훔쳤다가 징역살이 하는 동안에 마누라를 뺏긴 김억만 씨는/ 풀리자 마누라도 되찾아 괜찮게 살고 계셨는데/ 이분이 내 아버지에게서 밭을 샀다고 그 이전 독촉 소송을 걸어왔고/ 내 어머니의 기억으로는 그런 일이 전연 없다고 하시어/ 전주 지방법원 정읍 지청에서 재판을 걸렸는 바/ 조사해보니 김억만 씨가 그 계약서와 내 아버지 도장을 위조한 게 판명되어/ 할 수 없이 또 감옥에 가게된 걸/ 내가 제소 포기로 용서해 주었더니/ 감지덕지하여 심원면의 자기 집으로 나를 초대하고/ 손수 잡아 만들어낸 숭어회였네/ 환갑 나이의 김억만 씨도 무척은 기뻐했으니/ 이것도 시는 시지 별것이겠나/ 이러구러 기러기 우는 가을은 또 와서/ 어느 이슬비내리는 오후를

나는 우산도 안쓰고/ 심원면에서 선운사 입구로 가는 신작로를/ 어슬렁 어슬렁 축축히 젖어 가고 있었는데/ 길가의 실파밭 건너 오막살이 주막이 하나 보여/ "약주 있소?" 하고 들어서니/ "예"하며 맞이해 나온 주모는 뭐라할까/ 나이 마흔쯤의 꼭 전라도 육자배기 그대로의 여인이었네/ "그렇잖아도 오늘은 한번 개봉해볼까 하는/ 꽃술이 한 항아리 기대리고 있는디라우"

인사 말씀은 겨우 이것이었으나/ 그 말씀에 따르는 그 멜로디는 노련하신 육자배기 그대로여서/ 이거야 말로 김억만 씨 작의 시보다는 한결 더 나은 것 같아/ 가뭄에 뛰어오르던 잉어 쏘내기에 다시 물에 잠기듯/ "합시다" 하고 앞장서 방에 쑤욱 들어가서는/ 물론 그 꽃술 개봉이라는 것을 시키고/ 그 육자배기 여편네와 함께 눈깜짝할 사이에 / 그 한 도가니를 온통 다 마셔바렸네/ 눈깜짝할 사이라는 건 물론/ 좀처럼 눈을 깜박이지 않는 그런 사람을 표현해서 말씀야/ 술도 이렇게 억수로 먹히던 건/ 내 생애에서 이것이 최고 정상이었네/ 그 육자배기 여편네는 술이 얼얼하자/ 그 한많은 진짜 육자배기 나한테 들려주고/ 작별할 때는 역시나 그 육자배기 멜로디로/ "동백꽃이 피거들랑/ 또, 오시오, 인이…" 하고/ 위아래 이빨을 꼭 다 붙여 몰고/ 그 사이에서 나오는 'ㄴ' 치모음 소리로/ 그 '인이…'를 세계으뜸의 매력으로 발음해 주었나니/ 일찍이 하인리히 하이네가/ 시악시 입맞추며 우리 독일말로/ "이히 리베 디히…"/ 그소리 얼마나 듣기 좋은지/ 남이야 알라더냐?' 했던/ 그 '이히 리베 디히'보다/ 몇 갑절은 더 이쁘게 들렸네/ 그런데 그뒤 10년이 지난 1951년의 대 빨치산 전투 때/경관들에게 밥을 지어 먹였다는 죄로/ 이 여자와 그 가족들은 빨치산에게 학살을 당하고/ 그 주막도 불태워져 버리고/ 뒤에 내가 가 보았을 땐 그 실파밭만 남았더군/ 그래 나는 그 뒤 선운사의 내 시비에 새긴/ '선운사 동구'라는 시에 그 육자배기 소리를 담아 보았지

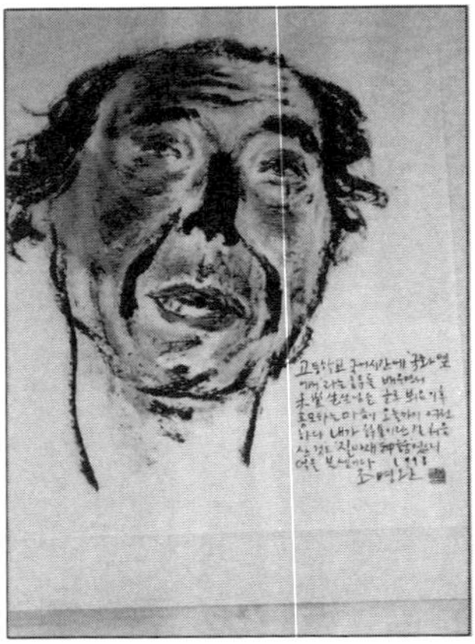

선운사 고랑으로

선운사 동백꽃을 보러 갔더니
동백꽃은 아직 일러 피지 않았고
막걸릿집 여자의 육자배기 가락에
작년 것만 상기도 남았습니다
그것도 목이 쉬어 남았습니다

미당시 문학관

선운리에 위치한 문학관은 폐교인 선운초등학교 봉암분교를 사들여 2001년에 개관하였다.

건축 면적은 248평으로 벽돌 슬라브 구조로 되어있고 1층부터 5층까지 미당의 유품이 전시되어 있으며 6층은 미당의 묘소 및 질마재 전경을 한 눈에 볼 수 있다.

영상실, 세미나실, 휴게실 등의 시설을 갖추고 전시실에는 미당의 육필원고를 비롯해 운보 김기창 화백의 미당 초상화, 선생이 쓰던 사소한 물품 등을 비롯하여 만년에 쓰던 유품과 1만여 점의 서적 등이 전시되어 있다.

커다란 장롱이 전시돼 있는 것도 이채롭다.

전시관을 둘러보고 직원들이 권하는 차 한 잔을 얻어 마신 후 사무실에 비치된 님의 유고 시집《질마재로 돌아가다》한 권을 손에 들고 님의 생가로 발걸음을 옮긴다.

불과 2-3분 거리에 있는 미당교를 건너니 바로 생가가 나타났다.

초가삼간으로 님이 살았던 집의 형태는 아니지만 생가터라는데 의의를 두었다 한다.

그래도 마당에 있는 우물이며 장독대가 정겹고, 사립문 밖에 혼자 풀을 뜯고 있는 까만 염소 한 마리가 반갑다.

생가를 나와 큰 길 너머에 있는 안현마을로 들어선다.

가을에는 국화밭 수만 평에 백억 송이 국화꽃이 활짝 피어 국화축제가 열리는 마을이다.

그 향기가 어떠할지 가을에 오면 맡아볼 수 있겠지만 길이 1킬로미터의 벽화가 있어 사철 언제든지 향기 없는 국화꽃은 만나볼 수 있다. 국화꽃이 마을입구에서 안쪽으로 담장을 타고 가다가 기와지붕에도 기어오른다. 벽화에는 국화뿐 아니라 님의 시 <국화앞에서> 속의 '국화' 와 '누님' 이 함께 있다. 누님의 모델은 이 마을에 살고 있는 분들이다.

크고 샛노란 벽화 앞에 또 한 분의 누님이 앉아 무슨 꽃인가? 봄꽃을 심고 있다.

'누님' 얼마나 정겨운 호칭인가

나는 남동생이 없어 '누나'라 불러주는 남동생이 있는 친구들이 한없이 부러웠던 때가 있었다.

작은 흔들림에도 온몸으로 절절하게 앓았던 젊은 날들의 초상이다.

그러나 이젠 굳이 '누나' 하고 불러주지 않아도 누구에게나 편안하고 느긋하고 말없이 웃어주기만 하는 그런 누님 같은 사람이 되었으면 한다.

어떤 바람에도 흔들리지 않고, 애별리고愛別離苦에 물들지 않는 늦가을 국화꽃 같은 향기를 지니고 그저 있는 듯 없는 듯 살고 싶다.

남아있는 날들에 평화를 위해서.

미당 서정주 님의 문학관과 생가, 그리고 국화꽃마을을 한곳에서 다 만나볼 수 있었던 아름다운 여행을 마치고 돌아서는 길, 어디선가 봄바람이 달려와 발걸음을 재촉한다.

나보다 더 외로운 사람에게

조병화

노루다.

아니면 사슴인가.

시인 조병화 님의 문학관을 찾아가는 길, 사슴 한 마리가 길옆 하얀 논에서 서성이고 있어 차를 멈추고 지켜보았더니 녀석도 낌새를 알아차리고 눈 마주치기를 한다.

멧돼지나 그밖의 산 짐승들이 먹이를 찾아 마을로 내려와 밭작물을 먹어치우고 사람을 공격하기도 한다는 뉴스는 들었으나 이렇게 직접 대면하기는 처음이라 반가운 마음에 살며시 차 문을 열고 나와 사진 한 장을 찍자 껑충껑충 잽싸게 도망을 간다.

눈 덮인 들판에 먹이를 찾아 헤매는 어린 사슴 한 마리.

부디 배불리 먹고 집으로 무사히 돌아가길.

고향은 사람을 낳고 사람은 고향을 빛낸다

시인의 고향 난실리에 가면 시인이 꿈에도 그리던 어머니 묘, 그리고 아내가 있고, 이젠 그도 그 곁으로 돌아가 정답게 누워 있다.

조병화(1921-2003) 시인의 고향은 안성군 양성면 난실리로 28세 때인 1949년 첫 시집 《버리고 싶은 유산》으로 등단하였다.

그 후 2003년 《넘을 수 없는 세월》로 53번째 시집을 묶고 그 해 봄에 타계하였다.

유난히 고향을 사랑하고 그리워하신 분이라 남다른 애정으로 난실리를 가꾸고 다듬어 살아생전 문학의 성지로 만들어 영원한 안식처로 택했다.

항상 "고향은 사람을 낳고 사람은 고향을 빛낸다"는 말씀을 하시며 고향사랑이 유난하셨고 당신이 잘 살아야만 고향과 더불어 어머니를 빛낼 수 있다고 생각하고 고향을 찾고 어머님 묘를 정성으로 돌보았다.

당신이 태어난 고향이 문화마을로 지정되었으나 젊은 학생이 줄어들어 문화마을로서의 그 명맥이 이어질지 노심초사하였으며 한편으로는 마을 어른들을 위하여 기꺼이 땅을 내주어 편안하고 따뜻한 현대식 경로당이 들어서도록 배려를 하였다.

바로 문학관 앞에 경로당이 있고 님의 송덕비가 있다.

우리 난실리
우리 난실리 고향 사람들은
잘살자는 꿈을 먹고삽니다
잘살자는 꿈을 먹고살기 위하여

부지런히 공부하고 열심히 일합니다
서로 사랑하며
서로 도우며
서로 아끼며
대대손손 영원히 이어갈
잘사는 고향 만들기
우리 난실리 고향 사람들은
아름다운 그 꿈을 먹고삽니다

—조병화

마을 입구 작은 공원에 서 있는 시비에서 님의 고향사랑이 그대로 묻어난다.

"우리 난실리" 얼마나 정감 있고 다정한 말인가.

마을 안으로 들어가 편운재 앞에 서니 비닐로 코팅된 하얀 종이 한 장이 대문에 붙어 있다.

“동절기에는 문을 열지 않습니다”

난감하여 돌아서려다가 어깨로 대문을 살짝 밀면서 “열려라 참께” 주문을 외었더니 문이 슬며시 열리는 것이 아닌가.

회심의 미소를 지으며 안으로 들어서니 아직 아무도 밟지 않은 순결한 눈밭이 펼쳐지고 님은 말없이 누워 객을 맞이한다.

얼마나 추우실까, 하는 염려도 잠깐, 님의 묘지는 햇살을 받아 눈이 녹아내리면서 잔디가 뽀얗게 드러나고 있다.

그 앞에 “아, 조국의 하늘이 나의 하늘이로다”라는 님의 시비가 말해주듯이 하늘을 이불 삼아 누워 계시니 더 없이 따뜻하고, 님이 언제나 잊지 못하고 그리워하였던 어머니를 상징하는 듯 모자 상이 무덤을 지키고 있으니 행복하리라.

또한 님의 시 <꿈의 귀향>은 영원한 귀향이 되어 어머니 곁으로 돌아와 편안히 누워있다.

어머니 심부름으로 이 세상에 와서
이제 어머니 심부름 마치고
어머니 품으로 돌아갑니다

—조병화

시인은 인간의 순수한 꿈과 근원적 그리움, 지고지순한 사랑, 고독과 낭만의 순수시인으로 3천여 편의 시와 53권의 시집을 남김으로 근대 문학사에 가장 많은 시를 쓰신 분으로 알려져 있다.

그의 순수시에의 고집과 독자성은 현대시가 난해하다는 통념을 깨트리고 일반 독자들의 공감을 자아내면서 거리를 좁혀주어 가장 많이 읽히는 시를 쓴 시인이기도 하다.

님의 작품에 자주 등장하는 그리움, 어머니, 고향, 고독, 사랑, 이별과 애수는 도든 이들의 가슴속에 잠재해있는 시성을 일깨워주고 어루만져주어 낭만주의 시인으로서 그 생애자체가 그리움과 고독으로 점철되어 있었으나 그에 순응하여 영원주의를 지향하면서 허무를 극복한 긍정적인 삶을 살다간 분이기도 하다.

나보다 더 외로운 사람에게
외롭다고 편지를 보내는 것은
사치스런 심사라고 생각하시겠지요

나보다 더 쓸쓸한 사람에게
쓸쓸하다는 시를 보내는 것은
가당치 않은 일이라 생각하시겠지요

그리고 나보다 더 그리운 처지에 있는 사람에게
그립다는 사연을 엮어서 보낸다는 것은
인생을 아직 모르는 철없는 짓이라고 생각하시겠지요

아, 나는 이렇게 아직
당신에게는 나의 말을 전할 아무런 말이 없습니다
그저 인생은 혼자라는 말밖에

—조병화 <인생은 혼자라는 말밖에>

어느 한 날, 필자의 첫 시집을 들고 혜화동 님의 사무실을 찾았을 때의 그 모습과 들려주신 말씀을 잊을 수 없다.

온통 책으로 쌓인 서재 한 가운데 책에 파묻히듯 앉아 계셨는데 그 모습이 흡사 책무덤 속에서 나온 듯하여 잠깐 어리둥절하기도 했다.

앉으라 말씀도 없으시고 앉을 자리도 없이 초등학교 시절 선생님 앞의 학생처럼 긴장하여 서있었는데 부끄러움을 무릅쓰고 내민 내 시집을 받아들고 죽 한 번 읽어보시더니 "무슨 일 있었네, 인생은 혼자일 수밖에 없다네" 딱 한 말씀 하셨다.

그러곤 두리번두리번 책무덤을 뒤져서 잡히는 대로 님의 시집 몇 권을 꺼내시곤 곧바로 사인을 해 주셨는데 비록 말씀은 많이 하시지 않았지만 아버지처럼 푸근하고 자상하셨다는 기억이 아직도 내 뇌리에 선연히 남아있다.

아무도 없는 편운재 뜰에서 서성이다 님의 묘를 돌아 문학관 뜰로 들어서니 시인들의 이름을 단 나무들이 여기저기 서있다.

문학관 개관을 기념하는 후배시인들의 기념식수인 듯하다.

살아생전 손수 문학관이며 시비를 세우고 문학상을 제정하였으니 누구보다 죽음을 철저히 준비하고 떠나신 분이다.

어디 그뿐인가, 편운재 구석구석, 뜰의 잔디 한 포기에도 님의 손결이 묻어있고, 문학관에 전시된 유물 또한 님의 손길 닿지 않은 곳이 없을지니 언제 저 세상 가더라도 남은 이들에게 폐되지 않고자 염려한 흔적이며 당신 유택은 당신 꿈과 당신 취향에 맞춰 가꾸려한 소망 때문이었으리라.

님은 다 버리고 갔다고 말씀하지만 다 가지고 가신 것이 아닐까.

버릴 것 버리고 왔습니다
버려선 안될 것까지 버리고 왔습니다
그리고 보시는 바와 같습니다

—조병화

베레모와 파이프를 늘 지녔던 이 시대의 마지막 로맨티스트, 님은 영원의 안식처로 떠났지만 님이 남기고간 문학은 마르지 않는 샘으로 남아 우리들 곁에서 변함없이 흐르고 있을 것이다.

조병화 님의 고향 안성은 자랑할 만한 문화유산이 많은 곳이다.

안성맞춤의 대명사인 안성유기가 아직도 그 전통의 맥을 이어 내려오고 있으며, 남사당 전수 관에는 안성의 전설적인 인물 '바우덕이'라는 여자 꼭두쇠의 기예가 전해지고 있다.

미리내 성지와 칠장사도 안성이 안고 있는 명소다.

미리내 성지

편운재에서 멀지 않은 곳에 미리내 성지가 있다.

미리내 성지는 한국 천주교 최초의 사제인 김대건 신부의 유해가 안치되어 있는 곳으로 천주교 박해시대 경기도와 충청도의 천주교 신자들이 모여 살아온 피난처이기도 했다.

이곳이 미리내로 불리게 된 것도 신유박해(1801)와 기해박해(1839) 때 신자들이 이곳으로 숨어 들어와 교우촌을 형성하면서 밤이면 집집에서 흘러나오는 불빛이 달빛 아래 비치는 냇물과 어우러져 마치 은하수처럼 보였다하여 붙여졌다. 김대건 신부가 1846년 스물다섯 살의 나이로 새남터에서 순교하자 17세 청년 신도 이민식이 시신을 수습하여 이곳에 비밀리에 암장함으로써 이후 성지로 널리 알려졌다.

1895년 천주교화당이 미리내에 설립됐고 1976년 성모성심수도회

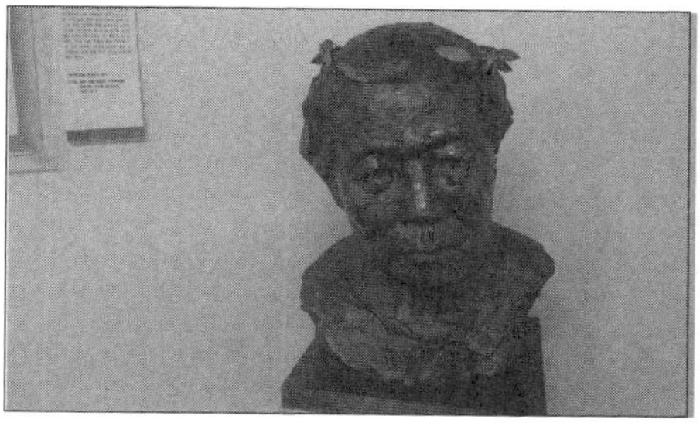

에서 성지관리 및 개발 책임을 맡아 25만 평의 땅에 수도원과 수녀원, 피정의 집 등으로 겟세마니 동산이 조성됨으로써 수도원의 성격상 폐쇄적 운영으로 인해 지역주민들과 격리되어 있었으나 최근 경기관광공사가 성지와 농촌 문화체험을 연계한 프로그램을 마련하여 천주교 가족과 이웃과 함께 하는 열린 공간으로 다시금 태어나고 있다.

성지에 들어서니 천주교 103위의 시성을 기념하기 위해 세워졌다는 기념성당이 드넓은 성지 한 가운데 우뚝 서 있다.

성당 뒤쪽 십자가의 길에는 예수가 로마병사에게 붙잡혀 십자가에 매달려 고통받다가 죽어 무덤에 묻히기까지의 과정을 형상화한 청동조각 15점이 전시되어 있으며 김대건 신부의 동상도 홀연히 서 있다.

김 신부의 무덤에 들려 예를 갖추고 성지를 한 바퀴 돌아 나와 칠장사를 향해 발걸음을 재촉한다.

칠장사

칠장사는 신라 고승 자장율사가 선덕여왕 5년에 창건하였고 그 뒤 고려시대 혜소국사가 크게 중창하였다.

칠장사는 중국에서 유학하고 돌아온 혜소국사가 칠장사에 돌아와 가르침을 펼칠 때 일곱 명의 악인이 찾아와 가르침을 구하니 국사가 이들을 모두 거두어 현인으로 다시 태어나게 되어 사람들이 칠장사가 속해 있는 아미산에서 일곱 명의 현인이 태어났다 해서 칠현 산이라 고쳐 부르고 칠장사漆長寺도 칠 장사七長寺로 고쳐 부르게 되었다는 설화가 있다.

칠장사로 들어서면 궁예와 임꺽정의 벽화들로 가득하다.

신라 47대 헌안왕의 서자였던 궁예는 유모의 손가락에 눈이 찔리어 한쪽 눈을 잃은 기구한 운명에 처해진 채 유모를 따라 이곳

칠장사에서 유년기를 보내며 활쏘기 연습을 하여 활을 잘쏜다 하여 궁예라 불리어졌다.

칠장사는 어느 절보다 고색창연한 사찰이다.

규모는 크지 않지만 양지바른 산자락에 옛 모습 그대로를 간직하고 있어 찾아드는 이들의 마음을 편안하게 해 준다.

아주 오래되어 고목이 된 감나무는 하늘 높이높이(이렇게 키가 큰 감나무는 좀처럼 찾아볼 수 없다) 서 있어 따지 못한 감들이 겨우내 얼었다 녹았다하면서 짐승들의 먹이가 되기도 하고 감나무 아래 떨어져 뒹굴기도 하는데 오래되 깡마르고 키가 큰 감나무를 우러러보면 청빈한 고승을 보는 듯하다.

인목대비 칠언시와, 혜소국사탑과 탑비, 철제당간 등 귀한 유물도 만나볼 수 있다.

인목대비는 칠장사에 자주 들러 억울하게 죽음을 당한 아버지 김제남과 아들 영창대군의 명복을 빌었으며 칠언시가 적힌 친필 족자를 남겼다.

늙은 소는 이미 힘을 쓴지 이미 여러 해
목이 찢기고 가죽이 뚫려 다만 부처의 자비로운 눈뿐이구나
쟁기질과 써레질이 이미 끝나고 봄물은 넉넉한데
주인은 어찌 심하게 채찍질인가

늙은 소의 고달픔과 그것을 바라보는 애처로운 마음을 자신의

처지에 비유하여 쓴 글로 알려져 있으며 친필족자는 현재 동국대 박물관에 보관되어 있다.

돌아오는 길, 안성과 용인의 경계에 위치한 어비리저수지(송전저수지) 설경이 너무나 아름다워 잠깐 물가에 머물면서 카메라 렌즈에 눈맞춤을 해본다.

사랑하는 나의 님은 갔습니다

한용운

님은 갔습니다 아아 사랑하는 나의 님은 갔습니다
푸른 산 빛을 깨치고 단풍나무 숲을 향하여 난 작은
길을 걸어서 차마 떨치고 갔습니다
황금의 꽃같이 굳고 빛나든 옛 맹세는 차디찬 티끌
이 되어서 한숨의 미풍에 날아갔습니다

날카로운 첫 키스의 추억은 나의 운명의 지침을
돌려놓고 뒷걸음쳐서 사라졌습니다

나는 향기로운 님의 말소리에 귀먹고 꽃다운 님의
얼굴에 눈멀었습니다

사랑도 사람의 일이라 만날 때에 미리 떠날 것을
염려하고 경계하지 아니한 것은 아니지만 이별은
뜻밖의 일이 되고 놀란 가슴은 새로운 슬픔에 터집니다.

그러나 이별을 쓸데없는 눈물의 원천을 만들고 마
는 것은 스스로 사랑을 깨치는 것인 줄 아는 까닭
에, 걷잡을수 없는 슬픔의 힘을 옮겨서 새 희망의
정수배기에 들어부었습니다

우리는 만날때에 떠날 것을 염려하는 것과 같이
떠날 때에 다시 만날 것을 믿습니다

아아 님은 갔지마는 나는 님을 보내지 아니 하였습
니다
제 곡조를 못이기는 사랑의 노래는 님의 침묵을
휩싸고 돕니다

—한용운 <님의 침묵>

만해 한용운(1879-1944)은 충청남도 홍성군 결성면 성곡리에서 태어났다.

속명은 유천裕天, 법명은 용운龍雲, 법호는 만해卍海로 님의 고향 홍성에 생가와 시비, 만해 동상이 있으며, 만해의 영혼을 모신 '만해사'가 있다.

님은 조국의 독립을 되찾고자 생애를 바친 민족의 독립지사였고, 불교의 중흥과 개혁을 추구했던 위대한 종교지도자였다. 그리고 실체를 상실한 '님'의 존재를 마음속에 담아두고 작품을 통해 소망했던 불멸의 민족시인이었다.

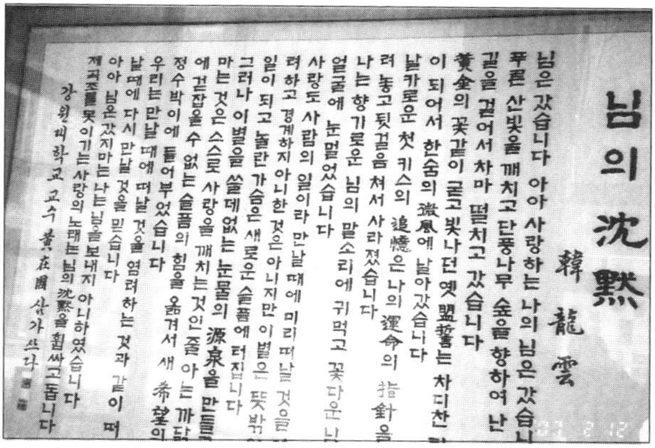

그의 발자취는 전국 곳곳에 남아있어 고향 홍성의 생가와 성북동의 심우장, 서울 남한산성의 만해기념관, 그리고 백담사의 만해기념관이 있다.

님의 출가지 백담사를 향하여 길을 떠났다.

백담사 만해기념관

겨울답지 않은 포근한 날씨라 봄소풍을 가는 아이처럼 가볍게 길을 떠났다가 동절기에는 백담사로 오르는 길이 예사롭지 않다는 것을 뒤늦게 알게 되었다.

넓고 깊은 계곡을 끼고 오르는 좁은 길이 빙판길이라 버스운행을 하지 않아 2시간이 소요된다는 길을 걸어올라야 했다.

절 길은 걸어 올라야 절 길답다고 누차 강조하면서도 일정을 짧게 잡은 탓으로 마음은 급하고 길은 걸어 걸어도 끝이 없는 듯 이어졌다.

그러나 불평을 왜 하겠는가.

겨울 가뭄으로 계곡은 바닥을 거의 드러내고 있었지만 백설로 뒤덮여 하얀 솜이불을 깔아놓은 듯 포근하게 안겨들고, 한 고개를 감아 돌면 또 다른 세상인 듯 햇살 바른 양지에는 녹아내린 눈 사이로 억겁의 세월을 두고 물살에 닳고 닳아 여인의 속살같이 매끄럽고 아름다운 바위가 갖가지 모양새로 그 모습을 드러내고 있어 잠시도 눈을 뗄 수 없는 절경인 것을.

그뿐인가, 오후 4시의 산 속 겨울 해는 벌써 산등성이를 넘어가면서 황금빛으로 물들이고 있어 눈이 부시다.

끝없이 이어지는 계곡을 왼편으로 끼고 몇 굽이를 돌고 돌았을까.

드디어 계곡을 가로지르는 다리를 건너자 저만치 백담사가 하얀

게 가부좌를 틀고 앉아 말없이 객을 맞는다.

백담사(강원도 인제군 북면 용대리 내설악)는 설악산의 대청봉에서 발원한 북한강의 시원지에서 못이 일백 개 되는 지점에 자리했다하여 백담사라 했으며 내설악의 가장 깊숙한 계곡 속에 자리하고 있어 수많은 운수납자가 불원천리하고 이곳을 찾아와 내공을 쌓았다.

만해선사도 이곳 백담사에서 머리를 깎고 입산 수도하여 깨달음을 얻고 《조선불교 유신론》과 《십현담주해》를 집필하였으며 <님의 침묵> 시를 발표하는 등 불교유신과 개혁을 추진하였으며 일제의 민족 침탈에 항거하여 독립운동을 구상하였던 독립운동의 유적지이기도하다.

그동안 세월 속에 잊혀졌던 백담사에 한용운 님의 시비 '나룻배와 행인'이 세워졌고 열반하신 지 47주년이 되던 1996년 6월 29일 백담사에서 추모제가 진행되었다.

그 후 설악산 신흥사 회주 조오현 큰스님의 발원으로 백담사에 만해기념관(1997년 11월 9일)을 개관하면서 만해선사와 함께 백담사는 더욱 널리 알려지게 되었다.

기념관 내부에는 님이 백담사에서 불교개혁의 기치를 들었던 《조선불교유신론》과 《불교대전》의 원전이 있어 님의 불교정신의 산실임을 입증하고 있으며, 세계지리와 서양철학을 접했던 《영환지략》과 《음빙실문집》도 만나게 된다.

기념관 내부에는 만해 생전의 유묵과 《님의 침묵》 초간본 등 백여 종의 판본이 함께 전시돼 있다.

독립선언문을 작성한 33인을 대표하여 독립선언문 연설을 하고 투옥되어 옥중에서도 부단히 독립을 전개한 옥중투쟁을 보여주는 자료들이 정리되어있으며 1962년 정부가 추서한 대한민국 건국공로 최고훈장인 '대한민국장'도 보관되어 있다.

백담사 앞 수신교를 지나 일주문을 들어서니 만해흉상과 <나룻배와 시인> 시비가 나란히 서서 지는 해를 바라보며 만해기념관을 등 뒤에 두고 있다.

나는 나룻배
당신은 행인
당신은 흙발로 나를 짓밟습니다.

나는 당신을 안고 물을 건너갑니다.
나는 당신을 안으면 깊으나 얕으나 급한 여울이나
건너갑니다.

만일 당신이 아니 오시면 나는 바람을 쐬고 눈비를
맞으며 밤에서 낮까지 당신을 기다리고 있습니다.
당신은 물만 건너면 나를 돌아보지도 않고 가십니다 그려,

그러나 당신이 언제든 지 오실 줄만은 알아요
나는 당신을 기다리면서 날마다 날마다 낡아갑니다
나는 나룻배
당신은 행인

애초에 오세암까지 가려했으나 걸어오느라 시간과 체력을 소진한 뒤라 백담사에서 발이 묶였다.

오세암까지는 차가 다닐 수 없는 길로 백담사로 들어오는 길보다 훨씬 가파르고 험난한 절벽을 끼고 30리 길을 가야한다 하니 겨울밤에 그것도 아녀자 혼자서는 감히 엄두도 못 낼 일이다.

뒷날 들은 이야기로는 근년에 오세암을 오르던 젊은 등산객 두 명이 길을 잃고 눈 속에서 동사를 하였다고 하니 함부로 나설 길은 아니라는 생각에 아쉬움을 금치 못했다.

1915년 백담사가 화재를 당한 이후 만해 한용운은 오세암에서 주로 정진하였으며 1917년 12월 3일 밤 좌선 중에 물건이 떨어지는

소리를 듣고 마음의 문을 열어 의심하던 마음이 씻은 듯이 풀렸다는 <오도송>을 남긴 암자이기도 하여 님의 발자취를 좇아가려면 오세암을 가보지 않을 수 없다 마음먹었기 때문이다.

드디어 백담사에서 하룻밤 묵기로 하고 여장을 푸니 금방 저녁 예불을 알리는 종소리가 경내를 돌아 설악산자락을 넘나들며 퍼져 나간다.

은은하고 장엄하면서도 평화롭기 그지없다.

절에서 얻는 가장 소중하고 아름다운 시간이다.

만해마을

따뜻한 온돌방에 누웠는데 왜 잠은 오지 않는지.

깜깜한 새벽, 도량석을 하는 스님의 목탁소리와 얼음장 위를 지나가는 발자국소리를 들었다.

그렇게 아침이 왔고 공양을 든 후 어제 왔던 길을 다시 되짚어 나가는데 어제 미처 보지 못한 광경이 눈앞에 펼쳐진다.

백담사 앞 계곡에 서 있는 나무들과 물살에 휩쓸려 내려온 나무들의 잔해가 서로 뒤엉켜 폐허를 방불케 하고 있었던 것이다.

지난여름, 아니면 몇 해 전 여름이었을까, 얼마나 거센 물살이 휩쓸고 지나갔는지 높은 나뭇가지에까지 각종 쓰레기가 걸려 있고 (물살에 휩쓸려 쓰러졌다가 일어났을 것이다) 간벌間伐을 하여 산에 그대로 방치했던 나무들이 톱날도 선명하게 휩쓸려 내려오다 살아있는 나무들을 덮치면서 그대로 누르고 있어 나무들이 곧 쓰러질 듯 위태

롭게 서 있다. 그뿐인가, 아름다리 나무들이 뿌리째 뽑혀 내려오다가 서 있는 나무에 걸려 있거나 틈새에 박혀 있어 살아있는 나무들의 힘에 겨운 비명소리가 들려오는 듯 처참하여 나무들의 지옥인 듯하다.

국립공원 관계자들이 어제도, 오늘도 몇 차례씩 차를 타고 오르내리는 것을 볼 수 있었는데 그들의 눈과 귀는 무엇을 보고 듣는지.

인간들은 사람 아닌 다른 생명들에 대해서는 얼마나 무심하고 무지한가를 새삼 느끼는 현장이다.

무릇 살아있는 자연의 모든 생명체는 우리 인간의 목숨과도 직간접 적으로 직결되어 있음을 간과하고 있는 것이다.

숲 속에서도 생명들은 살아내느라 치열하다.

큰 나무들의 그늘에서 자라는 어린 나무들은 햇볕을 보기 위해 하늘을 향해 높이 높이 가지도 없이 키만 키우다가 그 가느린 몸매를 더 이상 지탱 못해 제풀에 쓰러져 생존경쟁에서 도태된다.

측은하다.

벗은 겨울나무들 사이에서 파랗게 잎을 매달고 서 있는 어린 나무가 반짝 눈에 뜨이고 높은 기암 틈새에서 자라고 있는 나무도 이처롭다.

길을 내면서, 아니면 넓히면서 파헤친 비탈에 금방 쓰러질 듯 뿌리를 드러낸 나무와 토사가 잔뜩 웅크리고 있다. 간벌한 나뭇단도 곳곳에 도사리고 있다. 큰비가 내리면 무너지고 넘어지면서 좁은 길을 덮칠 것이다.

각설하고 백담사 길을 나와 만해마을로 가는 길로 접어들었다.

또 다시 얼마를 걸어야 할까.

국립공원 매표소에서 다시 한 시간을 넘게 걸어 내려와 만해마을에 도착하였다.

그곳엔 고요와 평화가 있었다.

지친 몸과 마음을 쉬게 하는 햇살 바른 벤치에 앉았다.

조국의 통일과 만민의 평화 안녕을 추구하는 만해평화지종, 사물(대종, 법고, 목어, 운판)이 한 눈에 들어오고 님의 시 <최초의 님>이 가만가만히 속삭이듯 울려나온다.

인적이란 찾아볼 수 없는 고요한 뜰에 오직 님의 소리만 다정하다.

맨첨에 만남 님과 님은 누구이며 어느 때인가요
맨첨에 이별한 님과 님은 누구이며 어느 때인가요
맨첨에 만난 님과 님이 맨첨으로 이별하였습니까

다른 님과 님이 맨첨으로 이별하였습니까

나는 맨첨에 만난 님과 님이 맨첨으로 이별한 줄로 압니다

만나고 이별이 없는 것은 님이 아니라 나입니다

우리들은 님에 대하여 만날 때에 이별을 염려하고, 이별할 때에 만남을 기약합니다

그것은 맨첨에 만난 님과 님이 다시 이별한 유전성의 흔적입니다

그러므로 만나지 않는 것도 님이 아니요, 이별이 없는 것도 님이 아닙니다

님은 만날 때 웃음을 주고 떠날 때에 눈물을 줍니다

만날 때의 웃음보다 떠날 때의 눈물이 좋고, 떠날 때의 눈물보다 다시 만나는 웃음이 좋습니다

아아 님이여, 우리의 다시 만나는 웃음은 어느 때에 있습니까

짧았지만 평화로운 시간을 보내고 다시 일어나 큰길로 나가 원통 가는 시내버스를 기다린다.

원통서 서울가는 버스를 타고 서울서 다시 집으로 내려가는 버스를 타려면 서둘러야 할 시간이다.

심우장

백담사를 다녀온 지 며칠 후 설 연휴 기간에 서울 성북동에 자리한 심우장을 찾았다.

부자 동네라는 성북동에 이런 달동네가 있었나 싶게 비좁고 을씨년스러운 골목을 올라가니 '심우장'이라는 문패를 달고 있는 아담하고 정갈한 한옥이 대문을 열어 놓고 있다.

주인은 어디로 가셨는지.

님은 기척이 없고 두 뼘 남짓한 쪽마루에 햇살만 가득하다.

님이 심었다는 향나무에는 까치가 반갑다고 우짖고, 산새들이 반갑다고 쪼르르 모여들어 합창을 한다. 설날이라 인적도 뜸한 거리를 혼자 떠돈다는 생각에 심산했던 마음이 봄눈 녹듯 사라진다.

님의 향기 때문인가, 햇살 탓인가, 내집 툇마루에서 해바라기를 하고 있는 아이처럼 깜박 조오름이 올 정도로 따뜻하고 아늑하다.

심우장은 한용운이 말년을 보낸 곳으로 시인, 묵객, 지식인들이 모여 시대의 정신과 문학을 토론하고 고민한 장소이기도 하다.

심우장尋牛裝이란 명칭은 선종禪宗의 '깨달음'의 경지에 이르는 과정을 잃어버린 소를 찾는 것에 비유한 열 가지 수행단계 중 하나인 "자기의 본성인 소를 찾는다"는 심우尋牛에서 유래한 것이다.

님은 일제의 호적에도 올리지 않고 배급도 받지 않은 채 일본의 회유에도 불구하고 끝까지 지조를 지키다 이곳에서 영양실조로 66세에 생을 마감했다. 그토록 원하던 조국의 독립이 바로 눈앞에 도래하였는데도 그 영광을 보지 못하고 눈을 감았으니 천추의 한이 아닐 수 없다.

그러나 님의 향기는 아직도 우리들의 가슴에 와 닿고 님의 목소리는 크게, 그리고 다정하게 가만가만 속삭이듯 들려온다.

우리는 만날 때에 떠날 것을 염려하는 것과 같이 떠날 때에 다시 만날 것을 믿습니다.

아아, 님은 갔지마는 나는 님을 보내지 아니 하였습니다.

만해 한용운 님의 발자취를 밟으면서 님이 '님을 보내지 아니 하였다' 하였듯이 우리도 결코 님을 떠나보내지 않았음을 알 수 있었다.

나혜석 거리를 가다

나혜석

춥다.

휑한 거리에 갑자기 불어 닥친 바람 탓인가, 홀로앉아 어디론가 정처 없이 보고 있는 나혜석을 만난 탓일까, 나혜석 거리에 바람이 불고 이 거리를 찾아오느라 지친 나그네의 가슴에도 스산한 가을바람이 시리다.

그녀 옆에 앉아 쉬고 있으려니 남성중심의 사회에서 버림받아 지친 몸으로 거리를 헤매다 아무도 모르게 이름 없이 객사한 그녀의 심사가 헤아려져 나또한 인간사에 지치고 지쳐 이제 더 나아갈 길 없는 백척간두에 서 있는 듯하다는 느낌을 받는 즈음이라 행려병자처럼 처져 있던 어깨가 더욱 내려앉는다.

그녀의 손을 만져본다 싸늘하다.

또 한 번 소슬한 바람이 지나간다.

나혜석

나혜석은 1896년 수원에서 태어났다.

진명여자보통고등학교를 최우등으로 졸업하고 둘째오빠 나경석의 권유로 일본 동경여자미술전문학교 유화과에 입학한다. 1914년 유학생 동인지 《학지광》에 <이상적 부인>이라는 최초의 글을 발표하고 근대적 여권을 주장하였으며 우리나라 여성으로서는 최초로 일본 도쿄의 여자미술학교에서 유화를 공부한 최초의 여성화가이면서 시와 소설을 쓴 문필가이자 여권운동가로서 치열한 삶을 살았다.

공부를 마치고 서울로 돌아와 첫 번째로 개인전시회를 열어 사람들에게 유화가 무엇인지를 알리는데 힘썼고 초창기 <이른 아침>과 같은 목판화로 민중의 삶을 표현했으며 해외여행을 떠났을 때를 빼고는 매년 조선일보 전람회에 입선과 특선을 한 재주 있는 화가였다.

미술뿐만 아니라 문학에도 소질이 있던 그녀는 동경유학시절부터 여성이 각성하여 사람답게 살아야 한다는 주장과 함께 근대적인 여권신장에 관한 글을 발표했고 주변의 낡은 생각을 가진 사람들을 설득해가는 과정을 그린 단편소설 <경희>를 발표했으며 또한《폐허》동인을 구성하여 김억, 오상순, 염상섭, 김일엽과 함께 문학활동에도 깊이 관여한다.

1919년 3·1운동 때는 여학생들을 만세운동에 참가시키기 위해 김활란 신준려, 김마리아 등과 함께 이화학당에서 비밀회의를 가졌다 하여 5개월간 옥고를 치르기도 했다.

유학시절 동경 게이오 대학생이던 오빠 친구 최승구와 장래를 약속한 사이였으나 그가 결핵으로 사망하자 애인의 죽음은 곧 사랑의 죽음이라고 슬퍼하였으나 그 후 현실과 타협하여 6년 간 구애를 하던 김우영과 결혼한다.

결혼하면서 남편한테서 4가지 약속을 받아내는데 평생 지금처럼 사랑해 줄 것, 그림 그리는 것을 방해 말 것, 시어머니와 전실 딸과는 별거하게 해 줄 것, 최승구의 묘지에 비석을 세워 줄 것 등 파격적인 조건을 요구해 받아내었다.

화가로 아이들의 어머니로 외교관으 아내로 소홀함이 없이 잘해낸 능력 있는 여성이었다.

그러나 그의 탄탄한 인생에 전환기가 오는데 남편과의 2년여의 유럽여행이었다.

김우영은 베를린으로 법률공부를 떠나면서 파리에 머물고 있던 민족대표의 한 사람이자 천도교 신파의 거두였던 최린에게 아내를 보살펴 줄 것을 부탁한다. 나혜석은 파리에서 야수파 화가인 비시에르의 화실에 다니면서 그림연구를 하고 있었으나 이국에서 만난 두 남녀 명사는 파리가 주는 자유에 도취한 듯 잠깐 사랑에 빠진다. 이 일이 결국 그의 삶을 파국으로 내몰아 귀국 후 이 사실을 안 남편으로부터 이혼을 당한다.

나혜석은 두 남자한테 동시에 버림받기는 했으나 그 후 제10회 선전에서 <정원>으로 특선을 차지하였으며 다음해에 세계일주기행문인《구미유기》를《삼천리》에 연재한다. 그리고 <이혼고백서>를 발표하면서 당시의 성의 억압 철폐, 여성의 자유실현 등 기존의 인습을 강력히 비판한다.

1934년 8월 삼천리에 실린 이혼고백서를 보면 시대를 앞서간 지식인으로서 동시대에 소외되고 마는 안타까움과 함께 그녀의 그림과 같이 야수파적인 기질만큼이나 강렬한 자기 성찰의 대가였음을 느낄 수 있다.

조선 남성 심사는 이상 하외다.

자기는 정조관념이 없으면서 처에게나 일반여성에겐 정조를 요구하고 또 남의 정조를 빼앗으려 합니다.

서양이나 동경사람쯤 되더라도 내가 정조관념이 없으면 남의 정조관념 없는 것도 이해하고 존경합니다. 남에게 정조를 유린하는 이상 그 정조를 고수하도록 애호해 주는 것도 보통 인정이 아닌가, 자기가 직접 쾌락을 맛보면서 간접으로 말살시키고 저작 시키는 일이 불 소하외다, 이 어이한 미개명의 부도덕이요.

조선남성들 보시오.

조선의 남성이란 인간들은 참으로 이상하오. 잘나건 못나건 간에 그네들은 적실, 후실에 몇 집 살림을 하면서도 여성에게는 정조를 요구하고 있구려, 하지만 여자도 사람이외다! 한순간 분출하는 감정에 흩뜨려지기도 하고 실수도 하는 그런 사람이외다. 남편의 아내가 되기 전에, 내 자식의 어미이기 이전에 첫째로 나는 사람인 것이오. 내가 만일 당신네 같은 남성이였다면 오히려 호탕한 성품으로 여겨졌을 거외다. 조선의 남성들아, 그대들은 인형을 원하는가, 늙지도 않고 화내지도 않고 당신들이 원할 때만 안아주어도 항상 방긋방긋 웃기만 하는 인형 말이오! 나는 그대들의 노리개를 거부하오, 내 몸이 불꽃으로 타올라 한줌 재가 될지언정 언젠가 먼 훗날 나의 피와 외침이 이 땅에 뿌려져 우리 후손 여성들은 좀 더 인간다운 삶을 살면서 내 이름을 기억할 것이리라, 그러니 소녀들이여 깨어나 내 뒤를 따라오라 일어나 힘을 발하라.

경제적 궁핍과 사회적 비난에 맞닥뜨리게 되면서 여성에게만 일방적으로 정조관념을 지키라고 하는 사회 관습을 비판하고 나아가 그런 관념은 사회적 상대적이고 사회적으로 구성된 것이기에 해체되어야한다는 시대를 앞서가는 주장을 펼쳤다.

현모양처가 여성의 모범으로 굳어버린 시대에 이혼을 당하고 빈 몸으로 쫓겨났을 뿐 아니라 그렇게 한 여성을 파멸로 몰아넣은 두 남자와 그들 남성이 멀쩡하게 행사하도록 하는 사회 관습에 도전한 나혜석이 연 전람회에 대한 조선사회의 반응은 차가웠고 사회의 냉대 속에서 경제적으로 궁핍하고 쓸쓸한 생활을 하면서 나혜석의 심신은 서서히 병들어 갔으며 1937년 무렵부터 방랑생활에 빠져들었다. 그의 시詩 <나부裸婦>는 그의 심사였을까 아프게 가슴에 와닿는다.

아름다운 뒷모습/ 버스가 흙먼지를 날리며/ 오고 있다/ 손을 든다// 설듯 말듯/ 망설이는 버스를 향해/ 눈을 흘긴다/ 머리가 긴 여자가/ 느릿느릿 걸어오더니/ 차에 오른다/ 휘청거린다/ 멋쩍은 듯 웃는 눈빛이/ 아프게 한다/ 불쑥/ 등에 메달린 가방/ 마음이 짠해져/ 미간을 좁혀본다/ 또 아파온다/ 마치/ 애잔한 삶을 여분으로 메고 있는 듯하다/ 하나를 포기하게 되면/ 다시/ 선택해야할 대체품같다/ 무에 그리 신날일이라고/저토록/ 여윈 어깨에/ 힘겹게 지고가는 걸까/ 이상하게도/ 뒷모습이/ 아름다리 슬퍼보였다/ 아름다운 뒷모습/ 맨 뒷자리에 앉아/ 턱을 괴기 시작했다/ 포기이나 선택인가/ 생각하려나보다

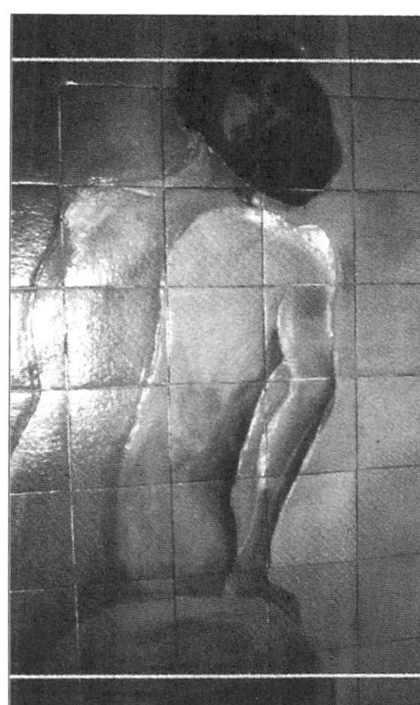

화재로 그림을 태워 먹고 아이들을 보지 못하게 된 충격으로 신경쇠약과 반신불수의 몸이 된 나혜석은 자기만의 거처를 갖지 못한 채 절집들을 떠돌아 다녔고 해방 후에는 한 양로원에 맡겨졌으나 아이들이 보고 싶어 몰래 빠져나오기도 했지만 남편이 경찰까지 동원하여 아이들을 만나지 못하게 하여 만날 수가 없었다.

1948년 12월 10일 53세의 나이로 눈 내리는 거리에서 행려병자로 발견되어 서울의 시립병원 무연고자 병동에서 아무도 모르게 눈을 감았고 그의 무덤은 어디에도 남아있지 않다. 사망진단서에는 신원미상, 무연고자, 영양실조, 실어증, 중풍이라고 기재되어 있으며 나이는 65세 정도로 추정된다고 되어있었으니 그의 삶이 얼마나 고단했는가를 여실히 보여준다.

남편 김우영은 그 뒤로도 두 번 더 결혼을 하였으며 나혜석이 사망한 지 한 달 후에 친일파였던 김우영과 최린이 반민족행위자 특별조사위원회에 며칠 사이로 검거된다.

나혜석은 우리나라 최초의 여류서양화가, 여권운동가, 진보적 사회 사상가로 올해 그의 탄생 113주년을 맞이하였으며 재조명을 받기 시작한 지 10여년이 되었다.

그동안 불륜의 신여성 이미지만 부각되어 왜곡된 시선이 주를 이뤘으나 새롭게 알게 된 나혜석은 신여성이자 독립운동가였으며 재능 있는 예술가였다.

그를 기리기 위해 그가 태어난 수원에서는 2천년 그의 동상을 세웠고 그 후 팔달구 인계동 효원공원부터 서쪽 600미터 거리를 나혜석 거리로 조성했다.

그 거리에 가면 그녀의 두 가지 모습을 대할 수 있다. 한복에 머리는 쪽을 찌고 두 손은 무릎에 얌전히 모아 다소곳이 앉아있는 시대적 조선 여인상과 화구를 들고 양장을 한 서구적 신여성의 모습으로 우뚝 서 있기도 하다.

그의 두 가지 모습이 과도기적 시대상을 말해 주는 것 같아 쓸쓸한 미소를 짓게 한다.

나혜석 거리가 조성되면서 그 거리는 수원문화의 중심이 되어 밤이면 소공연과 거리에 늘어선 '수원 음식문화거리 지정업소 나혜석 거리'라는 간판을 달고 있는 상가들이 일제히 불야성을 이루며 사람들을 불러 모은다. 바로 앞에 있는 효원공원과 더불어 연인, 친구들의 데이트 장소로도 손색이 없고 예술을 논하는 자리로도 더할 나위가 없어 보인다.

공원에는 그의 약력과 일대기를 함축한 글과 벽화로 그려진 그의 그림들을 만나볼 수 있으며 1921년 4월 3일 매일신보에 실렸던 그의 시 <인형의 家>도 눈길을 끈다.

내가 인형을 가지고 놀 때
기뻐하듯
아버지의 딸인 인형으로
남편의 아내 인형으로
그들을 기쁘게 하는
위안물 되도다

노라를 놓아라
순수하게
엄밀히 막아온
장벽에서
곤고히 닫혔던
문을 열고
노라는 놓아주게
남편과 자식들에게 대해
의무같이
내게는 신성한 의무가 있네
나를 사람으로 만드는
사랑의 길로 밟아서
사람이 되고
노라를 놓아라
최후로 순순하게
엄밀히 막아논
장벽에서
견고히 닫혔던 문을 열고
노라를 놓아주게
나는 안다 억제할 수 없는
내 마음에서
온통을 다 털어 맛보이는
진정 사람을 제하고는
내 몸이 값없는 것을

나혜석상

내 이제 깨도다

노라를 놓아라

최후로 순순하게

엄밀히 막아논

장벽에서

견고히 닫혔던 문을 열고

노라를 놓아주게나

아아 사랑하는 나의 소녀들아

나를 보아

정성으로 몸을 바쳐다오

많은 유혹 횡행할지니

다른날 폭풍우 뒤에

사람은 너와 나

노라를 놓아라

한 여성의 기구한 일대기를 한눈에 보는 것 같아 심산한 마음을 달랠 길 없다.

나혜석의 미술작품

그녀의 작품으로는 <자화상>, <나부>, <깡깡>, <파리풍경>, <다솔사>, <금강산>, <선죽교>, <불란서마을 풍경> 등이 있으며 1938년 해인사의 풍광을 마지막으로 그림과 글에서 손을 놓는다.

그녀가 제작했을 수백 점의 작품 중 현재 전해지고 있는 것은 불과 10여점이라 하고 또는 60여 점이 된다고 하나 진품인지 그 여부조차도 확실치 않다고 하니 시대를 앞서간 우리나라 최초의 여류화가의 유명 작품을 쉽게 만나 볼 수 없는 것이 안타까울 뿐이다.

집으로 돌아온 후 책상 앞에 앉으니 작품에 마침표를 찍기에는 뭔가 아쉬운 것 같아 불야성을 이룬다는 나혜석의 밤거리를 엿보고 싶어 밤에 어딜 나가느냐는 노모의 손을 뿌리치고 또 다시 수원 가는 버스를 탔다.

초사흘 초승달을 버스차창에 매달고 달린 지 한 시간여, 수원 법원사거리서 택시로 갈아타고 효원공원을 지나 나혜석 거리를 들어서니 아직 이른 저녁이라 그러한가. 차 없는 거리에 가게마다 내어

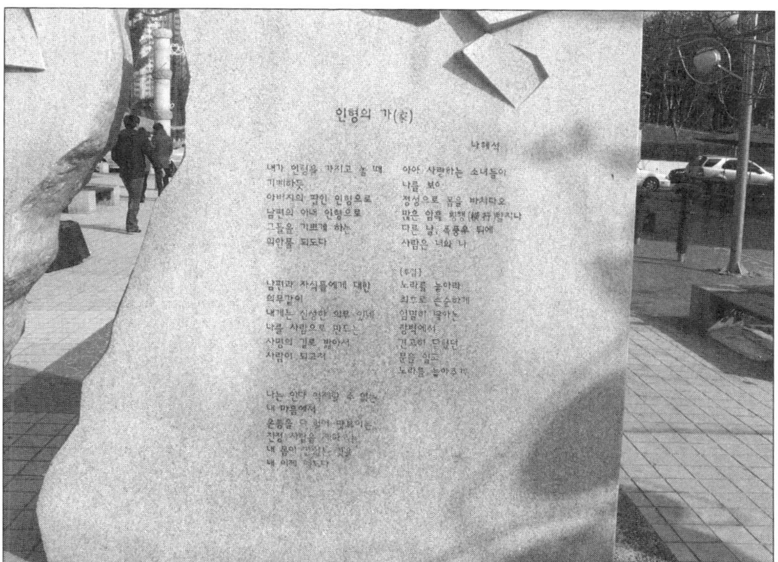

놓은 테이블들만 한산하다.

나혜석도 이렇듯 쓸쓸한 서울의 한 거리에서 병든 몸으로 누워 눈을 감았을 것이다. 왜 그렇게 될 수밖에 없었을까, 앞서 그녀가 말한 것처럼 그가 남자였다면 한번쯤의 외도로 호탕한 남자라는 말을 들으며 그저 가볍게 넘어갔겠지만 남성중심의 사회에서 그녀는 먼저 가족한테 버림받고 그리고 사회에서 철저히 배척당했으나 그녀를 유린한 최린과 그리고 그를 버린 남편 김우영은 친일의 길을 걸으며 승승장구하고 있었다,

그는 도저히 만날 길이 없었던 자식들에게 지면을 통해서 자신의 심정을 토로한다.

사남매 아이들아, 어미를 원망치 말고 사회제도와 도덕과 법률과 인습을 원망하여라. 네 어미는 과도기에 선각자로 그 운명의 줄에 희생된 자였느니라

하나, 둘 사람들이 모여드는 나혜석 거리를 벗어나는데 "죄 없는 자 있으면 저 여인에게 돌을 던지라"는 예수의 말이 불현듯 생각난다.

사랑했으므로 행복하였네라

유치환

그리운 이여 안녕!
설령 이것이 마지막 인사가 될지라도
사랑하였으므로 나는 진정 행복하였네라

책장에서 아주 오래되어 노랗게 바랜 책 한 권을 뽑았다.

《사랑하였으므로 행복하였네라》

청마 유치환 시인이 살아생전 한 여인에게 20년 간 바친 지고지순한 사랑의 편지를 한데 묶어 내놓은 서간집이다. 이 책은 그가 돌아간 후 발간되었으며 오랫동안 독자들의 사랑을 받으면서 사랑하는 이들의 심금을 울렸다.

한려수도 통영

통영에는 많은 예술인들이 태어났다.

이름 있는 예술인들이 나온 데에는 아름다운 산수 때문이 아니었을까 할 정도라 '한국의 나폴리'라 부르는 미항의 도시다.

청정해역 눈길 닿는 곳마다 150여 개의 크고 작은 섬과 섬들이 겹쳐지면서 절경을 자아내 왜 '다도해'라 부르는지를 한 눈에 알 수 있다.

온통 섬들의 고향, 별천지다.

그 중 매물도에서 떨어져 나간 소매물도에는 통영항에서 동남쪽 바다 위에 떠 있는 주민 50여명이 살고 있는 작은 섬으로 한려해상 국립공원이 품고 있는 아름다운 보석이다.

섬 서쪽과 남쪽 해안에 위치한 천태만상의 기암괴석은 남해 제일의 비경으로 억겁을 두고 풍우에 시달리고 파도에 할퀴어 톱날처럼 요철이 심한 암벽에 갖가지 모양의 형상들이 널려 있다. 금방 날아오를 듯한 용바위, 여여한 부처바위, 병풍바위, 목을 길게 내민 거북바위, 솟대바위 등이 그 위용을 뽐내고 바위 사이사이로 바위굴이 있어 한층 묘미를 자아낸다.

또한 소매물도와 등대도 사이는 조수가 빠져나가면 걸어서 건너다닐 수 있을 정도로 사이가 얕아지는데 하루에 두 차례 모세의 기적을 연출한다.

소매물도는 동백나무가 자연림을 이루고 있으며 등대도는 섬등성 전체가 잔디로 덮여 있다.

유람선 터미널에서 배를 타면 4시간이 소요되는 환타지 코스에 들어있는 환상의 섬이다.

통영반도 남단과 미륵도 사이의 통영운하는 그 아래로 동양 최초로 만들어진 해저터널이 있어 유명하다. 해저터널에 대해서는 재미있는 이야기가 있다.

본래는 바닷물이 빠지면 갯벌이 드러나 반도와 섬이 연결되는 곳이었는데 한산대첩 당시 이순신 장군에게 쫓기던 왜선들이 이곳까지 흘러 들어왔다가 퇴로가 막히자 도망치기 위해 땅을 파헤치고 물길을 뚫었다고 한다. 그럼에도 불구하고 왜군들이 많이 죽어나가 송장목이라 불려지기도 했는데 일본군에 의해 뚫린 곳을 다시 일제에 인해 운하로 확장 개통되었으니 역사의 아이러니가 아닐 수 없다.

시내 중심에는 남망산 공원이 있어 그 위에 올라가면 통영대교와 통영항을 한 눈에 바라볼 수 있으며 세계 10개국의 유명 조각가 작품으로 구성된 조각공원이 5만여 평의 부지에 자연경관을 배경으로 전시되어 있어 다양한 작품세계를 만나볼 수 있는 특별한 공원이다.

청마 유치환의 깃발 시비가 바다를 내려다보고 있으며, 박경리 씨의《김약국의 딸들》영화촬영 기념비가 있다.

시내에는 이중섭 화가가 통영일대를 다니면서 푸른 언덕, 충렬사 풍경, 남망산 길이 보이는 풍경, 복사꽃이 핀 마을 등을 그렸던 산실 그가 묵었던 집이 있으며, 우리나라 10대 거장에 속하는 전혁림 화백의 미술관이 있다.

그 외에도 김춘수 생가, 박경리 생가, 윤이상 생가 김상옥 생가가 시가지 곳곳에 자리하고 있으며, 매년 3월이면 세계적인 작곡가 윤이상을 그리는 통영국제음악회가 열리기도 한다.

그야말로 통영은 예술의 거리, 문화의 거리로 눈길 닿는 곳마다 예술인들의 초상화가 걸려있고 시비가 발걸음을 더디게 하며 음표가 춤을 추듯 거리를 누빈다.

미래사

서울 남부터미널에서 출발하여 고속도로 휴게소에서 십분 휴식을 한 후 내쳐 달려와서 그러한가 4시간여 만에 통영터미널에 도착했다.

오후 4시.

짧은 겨울 해에 낯선 거리를 혼자 헤매어 다니기에는 늦은 시각이다.

애초에 마음먹은 대로 산 속에 있는 절간에서 하룻밤 묵으리라 생각하고 마음속에 정해두었던 미래사로 올라갔다.

이곳 통영에는 수호산이라 불려지는 미륵산이 있다.

높이 461미터, 통영에서 가장 높은 산으로 정상에서 한려수도를 한 눈에 바라볼 수 있어 점점이 뿌려놓은 듯 널려 있는 수많은 섬과 멀리는 대마도까지 볼 수 있다.

우리나라 금수강산 산세가 빼어난 곳에는 반드시 사찰이 있기 마련이라 산사도 3곳이나 있다.

고려 태조 26년에도 솔선사가 창건한 도솔암, 조선 영조 8년에 창건된 관음사, 광해군 시절인 1617년 산 일대에 축성한 산성과 함께 지은 용화사가 있다.

터미널에는 용화사로 들어가는 버스는 연이어 다니고 있었으나 교통은 쉽지 않지만 이왕이면 호젓한 절로 가리라 마음먹었기에 미륵산 남쪽 기슭에 외따로 있는 미래사로 정하고 버스를 타고 더 이상 버스가 다니지 않는 나머지 산길은 걸어 오르기로 한다. 아스팔트가 일주문까지 잘 포장돼 있지만 두 발이 교통수단이니 어쩌겠는가 걸어 걸어서 쉬엄쉬엄 올라갈 수밖에.

미래사는 효봉스님의 상좌였던 구산스님이 석두, 효봉 두 큰스님의 안거를 위해 1954년에 세운 암자였으나 효봉 큰스님의 문도들이 소임을 맡아오면서 키워온 선도량이다.

종각은 우리나라에서 보기 드문 십자팔자누각이며 대웅전 앞에서 있는 삼층석탑에는 티베트에서 모셔온 부처님 진신사리가 모셔져 있다.

미래사 주위의 편백나무 숲은 전국 사찰임야로서는 유일한 것으로 70여년 전 일본인이 심어 가꾸다가 해방이 되어 돌아가자 미래사에서 매입하여 큰 숲으로 가꾸어 왔으며 또한 차밭을 마련하여 수만 그루의 차나무를 심어 차도 보급에 앞장서고 있다.

1986년에는 통영시 당동에 불교회관 여여원을 신축하여 주로 청소년과 어린이들을 대상으로 포교하는 전당으로 삼아 통영의 불교 발전에 기여하고 있다.

숲이 우거져 그러한가.

절 입구에 소방대원들과 지역청년들이 한데 모여 소방훈련을 하고 있어 왁자하다.

그들을 피해 구산스님 등 역대 스님들의 부도비를 만나보고 편백나무 숲 속 길을 거닐다 돌아오니 모두들 떠나고 휑하다.

비로소 절이 절로 돌아온 듯 인기척이란 찾아볼 수가 없다.

살아 움직이는 것은 지나가는 바람과 간간이 흔들리는 잎새뿐, 고요와 침묵이 흐르고, 쓸고 비우고, 다시 쓸고 비운 듯한 경내가 너무나 적막하여 홀로 마루 끝에 앉아 있으려니 정처 없다는 생각이 들어 가라앉으려는 마음을 추스르고 일주문 앞에서 만났던 글귀를 생각해 본다.

세상이 모든 일에 부딪쳐도
마음이 흔들리지 않고
슬픔 없이 티끌 없이 안온한 것
이것이야말로 더 없는 행복이다.

그러나 어쩌겠는가.

마음이 심산해지고 초저녁 겨울바람보다 더 스산한 바람이 가슴을 훑고 지나가니.

청마 유치환

밤사이에 비가 내린 듯 젖은 길 위로 비는 여전히 통영거리를 적신다.

우산도 없이 빗줄기를 걷어내며 유치환의 시비 <깃발>을 찾아 남망산에 오른다.

가신 님도 우산을 받지 못하고 그 자리에 붙박여 찾아 든 나그네를 쓸쓸히 맞이한다.

이것은 소리 없는 아우성
저 푸른 해원을 향하여 흔드는
영원한 노스탈자의 손수건

순정은 물결같이 바람에 나부끼고
오로지 맑고 곧은 이념의 푯대 끝에
애수는 백로처럼 날개를 펴

아아 누구던가
이렇게 슬프고도 애달픈 마음을
맨 처음 공중에 달 줄을 안 그는

청마 유치환 시인(1908-1967)은 1931년《문예월간》12월호에 <정적>을 발표해 문단에 나왔으며 이후 35년간 14권에 이르는 시집과 수상록을 펴냈다.

대표작 <깃발>은 이상향에 대한 동경의 상징으로 깃대에 묶여 자유롭지 못한 깃발을 인간, 나 자신의 한계를 비유하지 않았을까.

님은 오늘도 저 먼 해원을 향해 끊임없이 손 흔들고 있는 듯 침묵을 지키고 홀연히 서 있다.

통영시 정량동에 위치한 생가와 문학관을 찾아든다.

생가는 사정상 원래 터에 복원하지 못하고 청마문학관을 지으면서 그 옆에 생가를 복원하였다고 소개하는데 너무나 소박하다. 문학관에 들러 방명록에 사인을 하고, 생가를 한 바퀴 돌아 님의 시비 <행복>을 찾아 중앙우체국으로 발길을 돌린다.

중앙우체국은 시인이 사랑하는 여인과 지인들에게 수천 통의 편지를 보내고 받은 우체국으로 알려져 통영의 뜻있는 문인들에 의해 중앙 우체국을 청마우체국으로 개명하자는 사업이 추진 중에 있다.

사랑했으므로 행복하였네라

사랑하는 것은
사랑을 받느니보다 행복하나니라
오늘도 나는
에메랄드빛 하늘이 환히 내다뵈는
우체국 창문 앞에 와서 너에게 편지를 쓴다

행길을 향한 문으로 숱한 사람들이
제각기 한 가지씩 족한 얼굴로 와선
총총이 우표를 사고 전보지를 받고
먼고향으로 또는 그리운 사람에게로
슬프고 즐겁고 다정한 사연을 보내나니

세상의 고달픈 바람결에 시달리고 나부끼어
더욱 더 의지 삼고 피어 헝클어진 인정의 꽃밭에서
너와 나의 애틋한 연분도
한 망울 연연한 진홍빛 양귀비꽃인지도 모른다

사랑하는 것은
사랑을 받느니보다 행복하나니라
오늘도 나는 너에게 편지를 쓰나니

그리운 이여 그러면 안녕
설령 이것이 이세상 마지막 인사가 될지라도
사랑하였으므로 나는 진정 행복하였네라

—유치환 <행복>

님이 사랑한 시조시인 이영도 여사에게 끊임없는 사랑의 편지를 보낼 수 있었던 시인은 진정 행복했을 것이다. 누군가를 사랑하고 그리워한다는 것은 행복만 있는 것이 아니라 슬픔과 고통, 그리고 참으로 뭐라 표현할 수 없는 쓸쓸함이 따른다.

그러나 그 간절한 그리움과 고독이 없었다면 어떻게 그토록 아름다운 시어를 탄생시킬 수 있었을 것이며, 아름다운 작품을 남길 수 있었겠는가, 살아있음에 대한 치열함 또한 그렇게 절절할 수 있었을까, 생각해보면 그는 진정 행복했다고 노래해도 좋을 사람이었을 것이다.

한편 님의 작품 <바위>를 보면 시 한편이 태어난 그 이면의 처절한 고통이 눈물처럼 전해온다.

내 죽으면 한 개의 바위가 되리라
아예 哀戀에 물들지 않고
喜怒에 움직이지 않고
비와 바람에 깎이는 대로
億年 비정의 緘默에
안으로 안으로만 채찍질하여
드디어 생명도 망각하고
흐르는 구름도
머언 원뇌
꿈꾸어도 노래하지 않고
두 쪽으로 깨뜨려져도
소리하지 않는 바위가 되리라

우린 때론 사랑이라는 감정 때문에 참으로 처절하다.

한 줄의 글도 못 써도 좋으니 이 고통에서 벗어나게 하소서.

슬프지 않게 하소서. 고통과 슬픔, 이 형언할 길 없는 시린 바람만 불지 않는다면 천치 바보가 되어도 좋으리.

그렇게들 기구하지는 않을까.

그러나 님은 모든 것을 뛰어넘어 오직 지고지순한 사랑을 남기고 떠나갔다.

나는 시인이 아니어도 좋습니다.

내 글이 문학이 아니어도 좋습니다.

오직 내 글이 인생의 목숨이 희구하는 바 그 진실이 무엇인가를 찾아 그것을 증거함으로써 족할 따름이요, 그 증거를 위하여만이 내 글은 값 쳐질 것입니다.

청마 유치환 시인이 평소 문학적 자세를 얘기한 글이다.

돌아가는 길, 중앙시장으로 들어가 국밥 한 그릇으로 오늘의 요기를 대신하고 시장을 한 바퀴 돌아보는데 싱싱하고 다양한 해산물들이 자꾸만 눈길을 붙들고 발목을 붙드니 어쩌겠는가.

통영의 특산물인 굴 한 봉지를 사 들고 터미널로 돌아오니 서울 가는 버스 화물칸에는 온통 아이스박스가 다 차지하고 있다.

통영서 서울 가는 버스에는 언제나 비린내가 난다.

통영이 사람들을 불러들이는 또 하나의 유혹이다.

신동엽

껍데기만 가라

껍데기는 가라
사월도 알맹이만 남고
껍데기만 가라

껍데기는 가라
東學年 곰나루의, 아우성만 살고
껍데기는 가라

그리하여 다시
껍데기는 가라
이곳에선, 두 가슴과 그곳까지 내논
아사달 아사녀가
중립의 초례청 앞에 서서
부끄럼 빛내며
맞절할지니

껍데기는 가라
한라에서 백두까지
향그러운 흙가슴만 남고
그, 모오든 쇠붙이는 가라

—신동엽 <껍데기만 가라>

길을 간다.

하루라도 길 떠나지 않은 날이 있었던가.

빈 들녘을 그리워하는 바람처럼 정처 없이 떠나기도 하지만 돌아와 생각하면 그저 일상의 탈출일 뿐 얻은 것도 잃은 것도 없으면서 그래도 언제나 떠날 채비를 하고 언제나 길 위에 서 있는 것은

무슨 바람 때문인지.

이 가을 내내 누군가에게 "사랑합니다" 말하고 싶어 눈물이 났다.

그리고 무시로 떠나고 싶어 얼마나 쓸쓸했는지.

그러면서도 막상 떠나는 것이 그리 쉽지 않았는지 내내 떠나야지 하면서도 한번 떠나지 못하고 잡지사 원고 마감일이 코앞에 닥쳐서야 일을 핑계 삼아 길 위에 섰다.

이미 낙엽도 지고 진눈깨비가 희끗희끗 나부끼는 길을 간다.

정처 있으나 마음은 정처가 없는 듯하다.

시인 신동엽을 만나러 부여로 가는 길, 금강과 백마강이 물길을 이어준다.

물길은 언제 봐도 여여하고 순하다.

순리를 거스르지 않고 그저 낮은 곳으로 흐를 뿐이다.

우리 인간도 이와 같이 길을 간다면 '요즈음 정세처럼 이렇게 혼탁하지는 않을 텐데' 생각하면 세상사 어지러워 눈 둘 곳, 마음 둘 곳이 없다.

시인 신동엽의 생가를 찾아서

신동엽 시인은 1930년 부여에서 빈농의 아들로 태어나 6·25전쟁, 4·19, 5·16 격동기를 겪으면서 40년의 짧은 생을 살다 간 민족시인이다.

전주사범대학과 서울 단국대학에서 수학하고 충남 주산농고와 서울 명성여고에서 교편을 잡으면서 시작에 전념한다.

1959년 조선일보 신춘문예에 시 <이야기하는 쟁기꾼의 대지>가 입선되면서 본격적인 시작활동을 하였다.

1967년 대표작 <껍데기는 가라>와 4800여 행에 달하는 서사시 <금강>을 발표함으로써 참여시인으로서 확고하게 자리매김하게 되었다.

그러나 가난하고 병약한 체질에다 시골집 외아들 장손으로 책임감마저 컸던 시인은 '민족시인'이라 칭송받던 그 절정에서 간암선고를 받고 20일 만에 세상을 떠났다.

그는 그렇게 갔다.

나는 나를 죽였다. 가느다란 모가지를 심줄만 남은 두 손으로 꽉 졸라맸더니 개구리처럼 삐걱 소리를 내며 혀를 물어 내놓더라. 그러나 또 다시 죽여야 할 필요가 있어 비 오는 날 새벽 솜바지 저고리를 입힌 채 나는 나의 학대 받는 육신을 강가에로 내몰았다.

—신동엽 <낙서일기> 중에서

백제의 유적지를 찾는 이라면 신동엽을 만나기가 그리 어렵지 않다.

그의 생가는 부여군청 바로 앞마당이나 다름없는 군청 건너편에 자리 잡고 있으며 그의 시비는 시내에 자리 잡은 선화공원에 서 있다.

군청 맞은편 동네 골목에 자리 잡은 시인의 생가는 한때 남의 소

申東曄詩碑

유가 되었던 것을 미망인 민병선 시인이 되사서 옛날의 모습을 복원해 놓았다.

애초에 초가였으나 해마다 이엉을 이어야 하는 번거로움 때문에 기와로 얹었다고 하나 푸른 기와가 어쩐지 어설퍼 보여 안쓰럽고 사립문은 열려 있으나 방문은 모두 굳게 잠겨 있어 그의 초상이나 작품을 만나볼 수 있으리라는 기대를 무산시켰다. 그리고 뜰 안에 뒹구는 맥주깡통이며 휴지, 동물의 배설물이 눈에 띄어 좀 더 관리를 잘 할 수 없을까 하는 안타까움을 자아내게 한다.

그저 할 일 없는 사람처럼 뒤란을 돌아 한 바퀴 둘러보고는 생가를 나와 불과 몇 분 거리에 있는 선화공원으로 발길을 돌려 님의 시비를 찾았다.

작은 동산에 '반공순국위령비'와 일본인 불교도들이 근래에 세웠다는 '불교전래사은비'가 크고 우람하게 서 있는데 반해 저만치 비켜 서 있는 님의 시비는 행색이 남루하다.

이 시비는 1970년 4월 시인의 1주기를 맞아 그의 유족과 친구들이 세웠다 했으니 오랜 세월 탓이겠지 하고 스스로 위로해 본다.

한편 <진달래 산천>이란 시가 빨치산을 찬양하는 글이라 하여 한때 빨갱이로 몰렸던 그의 전력을 볼 때 반공애국지사 추모비와 같이 한 울타리 안에 있는 것도 아이러니하다 하겠다.

길가에 진달래 몇 뿌리/ 꽃 펴 있고 바위 모서리엔/ 이름 모를 나비 하나/ 머물고 있었어요. 잔디밭엔 장총을 버려 던진 채/ 당신은 잠이 들었죠/ 햇빛

맑은 그 옛날/ 의형제를 묻던/ 거기가 바로/ 그 바위라 하더군요/ 기다림에 지친 사람들은산으로 갔어/ 뼛섬은 썩어 꽃죽 널려도/ 남햇가/ 두고 온 마을에선/ 언제인가, 눈먼 식구들이/ 굶고 있다고 담배를 말으며/ 당신은 쓸쓸히 웃었지요/ 지까다비속에 누군가의/ 발목을/ 과수원 모래밭에선 보고 왔어요/ 꽃 살이 튀는 산허리를 무너/ 온종일/ 탄환을 퍼부었지요/ 길가엔 진달래 몇 뿌리/ 꽃 펴 있고/ 바위 그늘 밑엔/ 얼굴 고운 사람 하나/ 서늘히 잠들어 있었어요/ 꽃다운 산골 비행기가/ 지나다/ 기관포 쏟아놓고 가 버리더군요/ 기다림에 지친 사람들은/ 산으로 갔어요/ 그리움은 회올려/ 하늘에 불 붙도록/ 뼛섬은 썩어/ 꽃죽 널리도록/ 바람 따신 그 옛날/ 후고구렷적 장수들이/ 의형제를 묻던/ 거기가 바로/ 그 바위라 하더군요/ 잔디밭엔 담뱃갑 버려진 채/ 당신은 피/ 흘리고 있었어요

―<진달래 산천> 전문

낙화암

백제 멸망시 삼천궁녀가 빠져 죽었다는 낙화암을 향하여 오른다.

올 들어 가장 춥다는 날씨임에도 불구하고 졸업여행을 왔다는 학생들과 낙화암과 고란사를 찾는 관광객들이 마지막 지는 단풍을 보려는 듯 무리지어 오른다.

나는 그들을 피해 잘 다듬어진 넓은

길을 두고 가르마 같은 샛길을 호젓이 가면서 오랜만에 평화로운 여정에 잠겨본다.

낙화암은 백제 마지막 왕이었던 의자왕의 궁녀들이 나당연합군을 피해 스스로 몸을 던진 자리다.

무려 3천 명이나 되는 꽃다운 궁녀들이 떨어져 죽었다. 하지만 그 당시 백제 인구가 6백만 명이었으며 그리고 궁궐터를 볼 때 삼천궁녀란 부풀린 숫자일 것이라는 이견도 있다.

의자왕은 서동왕자와 선화공주의 로맨스로 유명한 무왕과 신라 진평왕의 딸인 선화공주 사이에서 태어났으나 그의 재위기간 20년 동안 무려 10번 이상 외가인 신라를 침공하여 백여 개의 성을 함락시켰으며, 저 유명한 대야성 싸움 때는 김춘추의 딸과 그의 사위를 죽인다. 그로인해 김춘추는 의자왕에게 복수하기 위해 모든 것을 내걸게 된다.

의자왕은 48명이나 되는 아들들이 암투를 벌이자 아들 41명에게 귀족들의 최고직위인 좌평직을 내주어 귀족들의 반발을 사면서 내분을 겪게 되어 힘이 약해진다.

660년 황산벌 싸움에서 나당연합군에게 대패하여 사비성이 포위되자 웅진성으로 탈출했으나 결국 나당연합군에게 잡혀 당나라로 압송되어 사망에 이른다.

황산벌 싸움에 임했던 백제의 계백 장군이 싸움터로 나가기 전 집에 들려 그의 가족을 다 목 베어 죽이고, 자신도 그 싸움에서 목숨을 바친 것은 싸움에서 이미 질 것을 예견하고 자신의 가족들이 적군에게 포로로 잡혀 수모를 당할 것을 염려하였듯이 삼천궁녀 또한 그와 같은 생각으로 부소산 절벽으로 달려가 부여강에 몸을 던진 곳이 낙화암이다.

낙화암에는 그들의 충정을 그려 낙화정이 서 있고 그 절벽 아래로 부여강은 지금도 변함없이 푸른 물을 흘리고 있다.

낙화암에 서서 생각에 잠겨 있는데 지나가는 청년이 옆 친구에게 얘기를 한다.

“여기서 많은 여인들이 빠져 죽었다네.”

어린 여학생들이 삼천궁녀가 몸을 던진 바로 그 난간에 기대어 왁자하게 기념촬영을 하고 있다.

그 자리가 지니고 있는 역사를 아는지 모르는지.

낙화암에서 아래로 내려가는 계단을 밟아 한참을 내려가니 강기슭에 고란사가 그 창연함을 빛내며 백마강을 내려다보고 있다.

고란사

고란사는 충청남도 문화재자료 제98호로 지정된 대한불교 조계종 제6교구인 마곡사의 말사다.

백제 말기에 창건된 것으로 추정할 뿐 자세한 기록은 전하지 않는다. 일설에 의하면 백제의 왕들을 위한 정자였다고도 하고 궁중의 내불전이었다고도 한다.

또는 백제가 멸망할 때 죽은 삼천궁녀의 넋을 위로하기 위하여 고려 현종 19세에 지은 사찰이라고도 전해진다.

어떤 연유든 오늘도 고란사는 말없이 앉아 내방객을 맞이한다.

마침 사찰을 나서는 스님과 스쳐 지나가게 되어 뒷모습을 한 컷 카메라에 담아본다.

"성불하십시오."

나도 절벽 아래 서서 지나가는 객에게 사진 한 장을 청해 찍고 고란사 뒤편에 있는 약수물 한 바가지 퍼 올린다.

한 바가지 마시면 3년은 젊어진다는 전설이 있으니 몇 바가지쯤 마실까 고개를 갸웃거리다 한 바가지도 다 비우지 못하고 약수터를 물러났으니 그저 욕심 부리지 말고 생긴 대로 살아야 될 것 같다.

약수 한 모금으로 마음을 비우고 하산하는 길.

저만치 길옆서 소박하게 앉아있는 주막집이 지나는 객을 반긴다.

참새가 방앗간을 그냥 지나치지 않듯이 여행길에서 길옆 주막에 들어가 막걸리 한 잔 마시지 않는다면 어떻게 여행의 진수를 말할 수 있으랴.

들어가 동동주와 부추전을 시킨다.

여인네는 반가이 맞으며 춥다고 전기장판이 깔려있는 긴 탁자를 내어준다.

시골집 아랫목에 앉아있는 것처럼 따뜻하고 평화롭다.

여행길에 이런 여유가 없다면 얼마나 쓸쓸하고 삭막하겠는가.

여로도 달래고 허기도 달래다 보면 쓸쓸하고 울적하던 심사도 절로 다스려져 사는 것이 뭐 별건가 싶어진다.

그래도 옆구리가 시린지 홀로 앉아 신동엽 시인의 시 한 수를 속으로 읊어본다.

그리운 그의 얼굴 다시 찾을 수 없어도
화사한 그의 꽃
산에 언덕에 피어날지어이
그리운 그의 노래 다시 들을 수 없어도
맑은 그 숨결/ 들에 숲 속에 살아갈지어이
쓸쓸한 마음으로 들길 더듬는 행인아
눈길 비었거든 바람 담을 지네
바람 비었거든 인정 담을 지네
그리운 그의 모습
다시 찾을 수 없어도
울고 간 그의 영혼
들에 언덕에 피어날지어이.

—<산에 언덕에> 전문

대전으로 나와 터미널에서 귀가길 버스를 기다리는데 꿈속에서도 그리던 이가 저만치 옷자락을 날리며 훌훌히 사라진다.

그리움 속으로 찾아온 환영인가.

달려가 "사랑한다" 말하고 싶다.

고개를 떨군다.

내가.

풀

김수영

바람이 한바탕 쓸고 간 거리를 걷는다.

가을은 언제 왔다가 갔는지 그저 스쳐 지나가고 어느새 진눈깨비가 내리고, 거리는 겨울의 그 황량함으로 누워 있다.

무성하던 나뭇잎은 다 어디로 갔을까.

나무들은 벗은 몸으로 그저 하늘바라기만 하고, 밟아도, 밟아도, 일어서던 풀들은 푸석이는 볏짚처럼 마른 몸을 떨며 드러눕고 바람은 어디론가 지향 없이 쓸려간다.

두 손을 포켓에 깊숙이 찌르고 바람이 가는 길을 따라 가다가 나도 길가에 드러누웠다.

하늘과 땅 사이, 기억들이 가물가물해지고 평온을 찾았다는 느낌이 왔을까 하는 그 순간쯤에 김수영의 마지막 작품 <풀>이 생각났고 벌떡 자리에서 일어났다.

김수영은 마지막으로 풀을 누이고 풀뿌리까지 눕이고는 곧바로 바람 따라 떠났지 않은가.

나는 아직 그렇게 누울 때가 아니라는 생각이 들었다.
나는 마른 풀을 털고 일어났으며 그리고 손에 펜을 잡았다.
아직은 살아있고 싶어서.

풀이 눕는다
비를 몰아오는 동풍에 나부껴
풀은 눕고
드디어 울었다
날이 흐려서 더 울다가
다시 누웠다

풀이 눕는다
바람보다 더 빨리 눕는다

바람보다도 더 빨리 울고
바람보다 먼저 일어난다

날이 흐리고 풀이 눕는다
바람보다 늦게 누워도
바람보다 먼저 일어나고
바람보다 늦게 울어도
바람보다 먼저 웃는다
날이　　흐리고　　풀뿌리가　　눕는다

—김수영의 <풀>

김수영

김수영은 서울 관철동에서 8남매 가운데 장남으로 태어났다.

효제보통학교 6학년 때 뇌막염을 앓아 학교를 그만둔 뒤 1936년 선린상고에 들어가 1941년 졸업했다.

일본으로 건너가 도쿄상대 전문부에 입학, 연극을 배웠으나 1943년 징집을 피해 귀국하여 1944년 가족과 함께 만주 지린성으로 이주하였으나 해방 후 돌아와 연희전문학교 영문과 4학년에 편입했지만 곧 그만두었다.

6·25당시 미처 피난을 가지 못해 인민군에 징집되었다가 거제도 포로수용소에서 석방된 후 미8군 통역, 모교인 선린상고 영어교사와 평화신문사 문화부 차장 등을 지냈으나 1956년부터는 집에서 닭

을 기르며 시창작과 번역에만 몰두한다.

1947년《예술부락》에 <묘정의 노래>를 발표한 뒤 마지막 시 <풀>에 이르기까지 200여 편의 시와 시론을 발표했으며 1949년 김경린, 박인환, 임호권, 양병식 등과 함께 5인 합동 시집《새로운 도시와 시민들의 합창》을 펴내면서 모더니스트로서 각광을 받는다. 그러나 그는 60년대에 들어서면서 자신의 시적 경향, 즉 모더니즘을 청산하고 현실과 역사, 시대와 사회에 대해 큰 관심을 가지고 시는 무엇을 노래해야 하는가에서 과거의 자기를 부정하고 어떻게 노래해야 하는 가에서도 일대 변화를 보인다.

1959년에 첫 개인 시집으로《달나라의 장난》을 펴냈으며 이후《거대한 뿌리》그리고 산문집《시여 침을 뱉어라》를 출간하였으나 "이제 부터다"라는 그 꿈을 다 펼치지 못하고 47세 때인 1968년 6월 15일 집 앞 거리에서 버스에 치여 그 다음날 숨진다.

서울 도봉동에 있는 누이 김수명의 집 뒷동산에 잠들어 있다.

1969년 5월 그의 1주기를 맞아 문우와 친지들이 그의 마지막 시 <풀>을 새긴 시비를 도봉산에 세웠으며 '민음사'에서 그를 기념하는 '김수영 문학상'을 제정하여 1981년 이후 매년 수여하고 있다.

김수영은 6·25당시 거제도 포로수용소에서 통역관으로 일할 때 변화 없는 삶에 지쳐 "시간을 견디기가 너무 힘들어 이를 하나씩 뺐다"고 술회한다.

그래서 틀니를 해야 했고 술에 취하면 틀니를 빼 손수건에 싸서 주머니에 넣고 다녀 부인은 시인이 만취해 들어오는 날이면 주머니에서 틀니를 찾아내 물 컵 속에 담가 두는데 틀니가 없는 날은 시인이 다닌 술집마다 추적해 찾았다고 한다.

그는 그의 시 <거미>처럼 그렇게 자신을 태우고 있었는지도 모른다.

내가 으스러지게 설움에 몸을 태우는 것은
내가 바라는 것이 있기 때문이다

그러나 나는 그 으스러진 설움의 풍경마저 싫어한다.

나는 너무나 자주 설움과 입을 맞추었기 때문에
가을바람에 늙어가는 거미처럼 몸이 까맣게 타 버렸다.

사랑하는 사람을 만나기 위해 연인의 집 앞에서 베토벤의 교향곡 <운명>을 휘파람으로 불곤했다는 시인은 어느 지점쯤에서 사랑하는 사람들을 만나고 있을까.

그러나 그가 세상을 떠나던 그해에 쓴 산문을 보면 연애시가 없다.

나의 시에 연애시가 없다고 지적하는 친구의 말에 무슨 죄라도 진 것 같은 시인으로서의 치욕감을 느끼고는 했지만 이제는 그런 콤플렉스나 초조감은 없다…. 나이가 들어가는 징조인지는 몰라도 죽음에 대한 생각을 하는 빈도가 잦아진다. 모든 것과 모든 일이 죽음의 척도에서 재어지게 된다. 자식을 볼 때도 친구를 볼 때에도 아내를 볼 때에도 그들의 생명을, 그들의 생명만을 사랑하고 싶다. 화가로 치면 이제 나는 겨우 나체화를 그릴 수 있는 단계에 와있는지 모른다.

잘하면 이제부터 정말 연애 시다운 연애시를 쓸 수 있을 것 같다. 그리고 이제 쓰게 되면 여편네의 눈치를 보지 않고 쓸 수 있는 연애시를, 여편네가 이혼하자고 대들만한 연애시를, 그래도 뉘우치지 않을 연애시를 쓸 수 있을 것 같다.

천재들은 자신의 죽음을 예지할 수 있는 초능력이 있는 것일까. 그는 이 글을 쓴 그해 6월에 비명에 갔으니 제대로 된 연애시를 써 보지 못하고 떠난 것이 아닌가, 영원한 숙제로 남겨둔 채.

욕망이여 입을 열어라/ 사랑을 발견하겠다 도시의 끝에/ 사그라져가는 라디오의 재갈거리는 소리가/ 사랑처럼 들리고 그 소리가 지워지는/ 강이 흐르고 그 강 건너에 사랑하는/ 암흑이 있고 3월을 바라보는 마른 나무들이/ 사랑의 봉오리를 준비하고 그 봉오리의/ 속삭임이 안개처럼 이는 저쪽에 쪽빛/ 산이/ 사랑의 기차가 지나갈 때마다 우리들의/ 슬픔처럼 자라나고 도야지 우리의 밥찌끼/ 같은 서울의 등불을 무시한다/ 이제 가시밭 넝쿨 장미의 기나긴 가시가지/ 까지도 사랑이다/ 왜 이렇게 벅차게 사랑의 숲은 밀려닥치느냐/ 사랑의 음식이 사랑이라는 것을 알 때까지/ 난로위에 끓어오르는 주전자의 물이 아슬 / 아슬아슬하게 넘지 않는 것처럼 사랑의 절도는/ 열렬하다/ 간단도 사랑/ 이방에서 저 방으로 할머니가 계신 방에서/ 심부름하는 놈이 있는 방까지 죽음 같은/ 암흑 속을 고양이의 반짝거리는 푸른 눈망울처럼 사랑이 이어져가는 밤을 안다/ 눈을 떴다 감는 기술… 불란서 혁명의 기술/ 최근 우리들이 4·19에서 배운 기술/ 최근 우리들은 소리 내어 외치지 않는다/ 복사 씨와 살구 씨와 곶감씨의 아름다운 단단함이여/ 고요함과 사랑이 이루어 놓은 폭풍의 간악한/ 신념이여/ 봄베이도 뉴욕도 서울도 마찬가지다/ 신념보다 더 큰/ 내가 묻혀 사는 사랑의 위대한 도시에 비하면/ 너는 개미이냐/ 아들아 너에게 광신을 가르치기 위한 것이 아니다/ 사랑을 알 때까지 자라라/ 인류의 종언의 날에/ 너의 술을 다 마시고난 날에

—김수영 <사랑의 변주곡> 일부

그는 누가 고향을 물어보면 "내 고향은 강원도요." 하고 능청을 부릴 만큼 싫어하는 서울의 한복판 종로2가 관철동에서 태어나 구수동에서 닭을 치며 정착해 이 세상을 떠날 때까지 서울서 살았다. 그의 생가는 육간대청 집이었지만 지금은 빌딩들이 어지럽게 들어서 있어 그의 문학적 편린이나 삶의 자취를 알 수 있는 흔적은 어디에도 없다.

지금은 그가 싫어했던 회색의 도시를 벗어나 전원에서 훨훨 날갯짓을 마음껏 하며 하늘을 날고 있으리라.

흰 구름은 정처가 없도다

김일엽

수덕사 다실 '무심' 솔바람 차 한 잔을 앞에 한다.

등줄기를 타고 흐르던 땀방울도 잦아들고 자지러지던 메미 소리도 숲속으로 숨어들어 세상사가 고요하다. 이것이 무심無心인가. 등을 꼿꼿이 세우고 앉아 잠깐 반수면 상태로 들어갔다가 깨어나니 뜻밖에 눈앞에 가난한 집이 있고 그 곁에 소나무가 한가롭게 서있다.

여기가 어딘가?

눈을 크게 뜨고 바라보니 김정희의 <세한도>다. 비로소 다실 안을 휘휘 둘러보니 다실이 아니라 화실이라 할 정도로 넓은 공간 여기 저기 그림들이 있고 경구經句가 적힌 다포며 다구茶具들 또한 정갈하게 놓여 있다.

세한도

웬일인가, 수덕사를 나서면 이곳 예산 김정희 고택도 찾아가야지

하면서도 어디로 어떻게 가야하나 하고 난감해 있던 차라 앉은 자리에서 뜻밖에 <세한도>를 만나게 되자 아, 게으름을 부려도 되겠구나 싶어 절로 탄성이 나온다.

<세한도>는 김정희가 제주도 귀양시절 제자 이상적에게 선물한 그림이다. 김정희가 제주도에서 8년 동안 귀양살이를 할 때 사제간의 의리를 잊지 않고 2번씩이나 북경에서 귀한 책을 구해다준 제자이자 역관인 이상적을 생각하며 그린 것으로 가로로 긴 화폭에 쓰러져가는 오두막과 그 좌우에 절개와 지조의 상징인 소나무와 잣나무만을 그려 넣어 험한 세상에서도 지조를 잃지 않는 선비의 고졸한 정신을 말해주고 있다. 그림을 완성한 김정희는 이상적의 인품을 소나무와 잣나무에 비유해 칭송한 발문을 추사체로 그림 끝에 붙였으며 훗날 이상적이 그림을 북경에 가져갔을 때 장악진, 조선조등 16명이 이 그림을 보고 칭찬한 찬시가 덧붙여 있다. 눈으로는 <세한도>를 감상하고 입으로는 솔잎차를 마시는 호사를 부리면서 김정희의 차시를 생각한다.

고요히 앉아
차를 반이나 마셨는데
향기는 처음 같고
그 향기 안에
고요한 것이 우러나오며
물이 흐르고
꽃이 핀다네

내 찻잔 앞에 다소곳이 앉아 있던 꽃이 환하게 웃는다.

김일엽

책 더미에서 일엽스님의 아들 일당스님(김태신)이 어머니를 그리워하며 펴낸 시화집 《두고 간 정》을 만나게 되어 장항선 열차를 탔다. 김일엽의 고향을 찾아가려면 삼팔선을 넘어 가야하니 그건 마음뿐이고 43년 동안 수도를 하고 입적한 수덕사 말사인 견성암이 있는 충남 예산이 고향을 대신할 수 있다고 생각했기 때문이다. 김일엽(1896-1971)은 평남 용강군 삼화면 덕동리에서 5남매중 맏딸로 태어났으며 본명은 '원주'다. 아버지가 목사인 탓에 어려서부터 기독교계에서 설립한 구세학교와 삼숭보통학교를 다니며 자연스럽게 신문학에 접한다. 12세의 어린 나이에 동생의 죽음을 접한 그는 통탄의 심정을 글로 남겼고 이것이 한국문학상 신시의 시효로 불리는 <동생의 죽음>이다.

업으면 방글방글/ 내리면 아장아장/ 귀여운 내동생이/ 어느 하루는/ 불 때논 그 방에서도/ 달달달 떨고 누웠더니 / 다시는 못 깨는 잠이 들었다고…/ 엄마 아빠/ 울고 울면서/ 그만 땅속에 영영 재웠소/ 땅 밑은 겨울에도/ 그리 춥진 않다하지만/ 아아. 귀여운 나의 동생아/ 언니만 가는 때는 따라온다 울부짖던/ 그런 꿈꾸면서 잠자고 있나/ 내 봄에 싹트는 움들과 함께 네 다시 깨어난다면 이야/ 언제나 너를 업어/ 다시는 언니 혼자/ 가지를 아니 하꼬마

14세 되던 해에 어머니가 세상을 등지고 남은 동생들도 차례로 단명하는 불운을 겪으면서 서울의 이화학당을 졸업하고 일본에 유학한 후 최초의 여자 유학생으로 윤심덕, 나혜석 등과 동시대의 '신여성'으로서 '자유연애론'과 '신정조론'을 주장하여 논란의 표적이 되기도 했다.

…남녀가 서로 사랑을 나누었다는 것이 문제될 것은 없다. 정신적으로 남성

이라는 그림자가 완전히 사라져버린 여인이라면 언제나 처녀로 재생할 수가 있는 것이다. 그런 여인을 인정할 수 있는 남자라야 새 생활을 창조할 수 있다는 것을 강조하는 여인, 그것이 바로 나다

그는 결혼을 하였으나 의족을 한 남편이 그 사실을 숨긴데 대하여 신뢰를 잃고 일찍 결혼생활을 청산한다. 춘원 이광수와 염문설은 이광수의 두 번째 부인 허영숙의 부탁으로 춘원에게 보내는 연애편지를 대필해 준 것으로 오해를 불러일으켰으며 춘원은 김원주의 글 솜씨를 칭찬하여 한국문단의 일엽(하나의 나뭇잎)되라는 뜻으로 지어주었다.

김일엽이 진정으로 사랑했던 이는 일본인으로 1921년 도코행 특급열차에서 규수대학 법과생인 이에오다 세이조를 운명적으로 만나게 된다. 은행총재를 아버지로 둔 일본 명문가 출신인 오다 세이조는 "그녀의 뱃속에는 오다 가문의 핏줄이 자라고 있다"며 결혼승낙을 받아내려 했지만 부모님으로부터 돌아온 대답은 절대 반대였다. 이에 오다 세이조는 부모님과 절연을 하고 70년간 독일에서 홀로 숨을 거둘 때까지 '오다'가문에 발을 들여놓지 않았다. 그때 태어난 아이가 김일엽의 일점 혈육 김태신으로 지금의 일당스님이다.

김일엽은 "당신하고 살면 내 일신은 편하겠지만 평생 조국을 배신한 괴로움 속에서 고통스럽게 살아야 합니다. 당신도 나로 인하여 천륜을 끊는다는 것은 말도 안 되니 다른 여자와 가정을 꾸려 마사오와 행복하게 사세요" 하는 편지 한 장과 아들을 남겨두고 한

국으로 돌아와 28년 수덕사 말사 견성암에서 수계를 받고 불자의 길을 걷게 된다.

그 후 오다 세이조는 김일엽 가까이 있고 싶어 총독부에 한국행을 지원했으며 해방 후에는 외교관으로 일하면서 평생을 김일엽을 못 잊고 독신으로 살다갔다. 일엽스님을 시봉했던 스님의 증언에 의하면 일엽스님이 병으로 앓아누워 있을 때 한 노신사가 찾아왔었다고 한다. 70대 노신사가 이름을 밝히지 않고 병든 일엽스님을 뵙기를 청하였고 노신사는 방문 앞에서 누워 계신 스님께 큰절을 하고 방으로 들어가 일본식으로 무릎을 꿇고 앉았다. 그리고 한참 아픈 스님을 보고 눈물을 흘리더니 하얀 손수건을 스님 손등 위에 올려놓고 그 위에 다시 자신의 손을 얹으면서 스님의 손을 꼭 잡았다. 그때 노신사가 김일엽을 평생 못 잊고 혼자 살다간 오다 세이조가 아니었겠나 한다. 이루지 못한 사랑 때문에 한 사람은 산으로 들어가 스님이 되었고, 한 사람은 가문과 절연한 채 평생을 독신으로 살다갔으니 아름답다 하기에는 너무나 처연하다.

당신은 나에게
무엇이 되었삽기에
살아서 이 몸도
죽어서 이 혼까지도
그만 다 바치고 싶어 할까요
보고 듣고 생각는 온갖 좋은 건
모두 다 드려야만 되옵니까

내 것 네 것 가려질 길 없사옵고
조건이나 대가가 따져질 새 어디 있겠어요
혼마저 합쳐진 한 몸이건만
그래도 그래도
그지없이 아쉬움만
그저 남아요
당신은 나에게 무엇이 되었삽기에?

—김일엽

덕숭산 수덕사

수덕사는 충남 예산군 덕산면 사천리 덕숭산에 위치하고 있다.

정확한 창건 기록이 문헌에 나와 있지 않아 여러 설이 있으나 그중에 백제 위덕왕(554-597)재위 시에 창건되었다는 설이 가장 유력하다. 지명 법사가 백제 수도 사비성 북부에 수덕사를 창건, 601 백제 무왕 2년 혜현법사가 수덕사에 처음 주석하여《법화경》을 독송하고《삼론》을 강론하였다고 전해진다. 예산역에서 기차를 내려 버스로 갈아타고 수덕사에 내리니 소나기가 내렸다 햇볕이 났다하며 변덕을 부렸으나 절집 분위기는 평온하고 고즈넉하다.

천년 세월을 지닌 탑이며 한없이 자애로워 보이는 불상, 돌확에 떨어지는 약수, 저 홀로 조을고 있는 백구(犬), 그 표정이 선하고 선하여 부처를 닮은 스님들, 모두 비구스님이다. 한때 널리 불러졌던 '수덕사의 여승'이라는 가요와 일엽스님의 이야기로 은연중에 비구니 도량처럼 여겨졌던 탓일까, 비구스님들을 대하자 머쓱해진다.

일엽스님이 만공스님 법력에 힘입어 스님이 되었다고 하지만 거처한 곳은 수덕사 말사 비구니 도량 견성암이다. 견성암은 1908년 만공스님(1871-1946)이 창건하였으며 창건당시에는 초가집이었으나 이후 한국 최초의 비구니 선방이 들어서면서 비구니들의 수행처로 거듭났다.

1930년 도흡스님이 중창하고 김일엽이 1933년 견성암에 들어와 25년 동안 산문을 나가지 않고 수도를 하였으며 1965년 벽초스님이 법당을 2층으로 세워 인도식으로 꾸몄다.

수덕사 공양 간에서 점심공양을 할 수 있는 복을 얻고 '무심'에서 차 한 잔의 여유를 마신 후 견성암을 오르기 위해 일주문을 나서는데 수덕여관이 바로 일주문 옆에 고색창연한 문패를 단채 입을 헹구고 돌아앉아 있다.

수덕사와 이렇게 가까이 있을 줄이야.

수덕여관

수덕여관은 충청남도 문화재 기념물 103호로 이응로 화백의 미공개 작품 등 서찰, 낙관 등 40여 점이 전시되어 있다. 수덕여관하면 언뜻 나혜석과 김일엽이 떠오르지만 이응로의 족적이 더 깊게 남아 있다.

이응로 화백이 청년시절 이곳에 머물고 있던 나혜석을 자주 찾아와 같이 그림공부를 하면서 파리생활과 그림이야기를 들으며 기거한다. 훗날 나혜석이 떠난 후 수덕여관을 매입하여 부인 박귀희 여사에게 운영을 맡기고 이혼하였으며 프랑스로 떠난다. 동백림사건으로 한국으로 들어와 잠시 수덕여관에 머무는데 그때 집 뒤 바위에 새긴 음각화는 지금도 또렷이 그 자취를 남기고 있다. 그러나 그는 다시 프랑스로 돌아갔으며 그곳에서 눈을 감는다. 또한 화가이자 시인인 나혜석이 수덕여관에 머물면서 만공스님께 스님되기를 간청했으나 '스님될 사람이 아니다' 하며 끝까지 받아주지 않았다. 그때 나혜석은 일엽스님의 아들 김태신을 만나게 되는데 김태신이 14살 되던 해 생모의 사실을 알고 양아버지 집을 나와 일엽스님을 찾아왔으나 스님은 "나는 어머니가 아니다, 스님이다, 다시는 찾아오지 마라"고 내치자 나혜석이 김태신을 자신의 방에 재워주면서

너는 어머니의 젖가슴도 못 만져 보았지 하면서 어머니라 생각하고 내 가슴을 만지라고 손을 이끌었으며 그림 그리는 것까지 가르쳐주었다면서 그때 그분을 만나지 못했다면 나는 많이 비뚤어졌을 것이라고 일당스님이 회고한다.

"어머니란 존재는 각박하고 이승에 내던져진 영혼의 안식처입니다, 나의 고독, 나의 절망, 나의 기쁨, 나의 소망은 모두 어머니로 인한 것이었습니다. 어머니로 인해 갈증을 느꼈으며 또한 어머니로 인해 제 삶은 충만했습니다. 나는 어머니가 뿌리치는 옷자락에 엉겨 붙은 눈물 같은 존재였습니다." 늦은 나이 67세에 불가에 귀의한 팔십세 노스님이 어머니를 추억하면서 하는 말씀이다.

수덕여관은 박귀희 여사가 세상을 떠난 후 그 숱한 사연을 끌어

안고 얼마간 방치돼 있었으나 현재는 수덕사에서 매입하여 관리하고 있으며 문화재로 등록된 것은 비록 작은 여관이지만 나혜석, 이응로, 김일엽 등 당대 예술인들이 족적을 남겼기 때문이다.

비구니 도량 견성암

수덕사에서 걸어서 5분 거리라고 수덕사 스님이 알려주어 이 무더위에 참으로 다행이다. 하고 한 호흡 내쉬자 금방 견성암이 눈앞에 나타난다.

지하 1층 지상 2층의 현대식 건물이다. 그저 다소곳한 암자 한 동 엎드려 있으려니 하는 막연한 기대를 누르며 방문객을 위압하듯 서 있어 주춤하고 입구 나무그늘아래서서 바라볼 뿐이다. 하안거 용맹정진중이라 그러한지 스님의 그림자도 엿볼 수 없다. 조용히 물러서 돌아서는데 계곡에 유난히 큰 봉오리로 피어있는 노란 달맞이꽃이 환하고 김일엽 스님이 만년에 은거했던 환희대歡喜臺정자에 걸린 선시禪時가 나그네의 심사를 달래준다.

본디 남북이 없는데
동서가 있을까

천지가 본래 허공이니
흰 구름은 정처가 없도다

애초에 있고 없고가 없었으니 만사가 다 무상 할뿐인데 이 무슨 부질없는 발걸음인가 싶어 실없이 웃으면서 터덜터덜 산문을 벗어난다.

혼불

최명희

쓰지 않고 사는 사람은 얼마나 좋을까.

때때로 엎드려 울고 싶었다. 그리고 갚을 길도 없는 큰 빚을 지고 도망 다니는 사람처럼 항상 불안하고 외로웠다. 좀처럼 일을 시작하지 못하고 모아놓은 자료만 어지럽게 쌓아 둔 채 핑계만 있으면 안 써보려고 일부러 한 눈을 팔고 처음과 달리 거의 안타까운 심정으로 쓰기 시작한 혼불은 드디어 나도 어쩌지 못하는 불길로 나를 사로잡고 말았다.

《혼불》의 작가 최명희의 고통이 잔 물살처럼 가슴으로 스며들어 나는 한동안 그의 고백 앞에 망연해 있었다. 글이 풀리지 않고 막막할 때 그때 작가의 고통이 천형의 죄인처럼 여겨질 때도 있지 않은가. 글쓰기를 업으로 사는 이들은 누구나 겪는 일이기도 하지만 최명희의 뼈를 깎는 투혼에 비길 바가 못 된다고 한다면 내노라하는 작가님들이 노여워할지도 모를 일이다.

그리고 그녀는 《혼불》에 자신의 혼을 다 불어 넣고 아까운 나이로 훌훌히 떠나갔다.

무엇이 그녀의 삶을 그렇게 절박하게 했을까. 그는 《혼불》을 쓰지 않았다면 천수를 다 누리고 갈 수 있지 않았을까, 그는 말한다.

그것은 근원에 대한 그리움이다. 오늘의 나를 있게 한 어머니, 아버지, 그리고 그 윗대로 이어지는 분들은 어떤 모습으로 살았는가를 캐고 싶었다.

웬일인지 나는 원고를 쓸 때면 손가락으로 바위를 뚫어 글씨를 새기는 것만 같은 생각이 든다. 그것은 얼마나 어리석고 또 간절한 일이랴, 날렵한 끌이나 기능 좋은 쇠붙이를 가지지 못한 나는 그저 온 마음을 사무치게 갈아서 손끝으로 모으고 생애를 기울여 한마디 한마디 뜨나가는 것이다.

그리하여 세월이 가고 시대가 바뀌어도 풍화 마모되지 않는 모국어 몇 모금을 그 자리에 고이게 할 수 있다면 새암은 흘러서 냇물이 되고 냇물은 흘러서 강물을 이루며 강물은 또 넘쳐서 바다에 이르기도 하련만 그 물길이 도는 굽이마다 고을마다 깊이 쓸어안고 함께 울어 흐르는 목숨의 혼불들이 그 바다에서는 드디어 위로와 해원의 눈물 나는 꽃빛으로 피어나기도 하련만 나의 꿈은 그 모국어의 바다에 있다.

어쩌면 장승은 제 온몸을 붓대로 세우고, 생애를 다하여 땅속으로 땅속으로 한 모금 새암을 파고 있는 것인지도 모른다. 그리운 마을, 그 먼 바다에 이르기까지….

지금 이토록 한 시대와 한 가문과 거멍굴 사람들의 쓰라린 혼불들은 저희끼리 스스로 간절하게 타오르고 있으나 나는 아마도 그 불길이 소진하여 사윌 때까지 추일하게 쓰는 심부름을 해야 할 것 같다. 그래서 지금도 나는 못 다한 이야기를 뒤쫓느라고 밤이면 잠을 이루지 못한다. 이일을 위하여 찬군 만마가 아니어도 좋은 단 한 사람만이라도 오래오래 내가 하는 일을 지켜보아 주었으면 좋겠다.

그 눈길이 바로 나의 울타리인 것을 나도 잊지 않을 것이다.

서도역

남원시 사내면 서도리 522번지에 있는 최명희 문학관을 찾아가는 길, 서도역이라는 작은 간이역을 만났다.

《혼불》의 중요한 문학적 공간으로 작품의 주인공들이 신행올 때 기차에서 내리는 곳이라는 소개가 붙어 있다. 1932년 지어진 역사로는 우리나라에서 가장 오래된 목조건물로 전국에서 가장 아름다운 역으로 손꼽힌다는 명성답게 단아하고 깨끗하며 목가적인 면모를 풍기고 있어 그곳에 작은 학교를 열고 땡땡 종소리를 울려 꼬마 애들을 불러 모을 수 있다면 참 좋겠다하는 생각을 불러일으킨다.

2002년 전라선 철도 이설 후 신역사로 이전하면서 헐릴 위기에 처하자 2006년 남원시에서 매입하여 당시의 모습으로 복원하고 영상활영장으로 보존 활용하고 있다. 역사 앞에는 개, 닭, 사람의 동상이 재미있는 모습으로 서 있기도 하다.

서도역은 인근으로 역사를 옮아 앉았지만 사라지는 역은 얼마나 많은가, 그중에도 우리나라 전역에 무인역도 166개나 된다. 그중 이번에 무인역 31개에 명예역장을 뽑는데 161명이나 지원했으며 직업이나 연령대도 다양하여 76세의 대학 총장 출신부터 12세의 초등학생까지 있었다니 우리네 생활에 작은 간이역들이 얼마나 많은 애환을 실어 날랐는가를 알 수 있을 것 같다.

얼마 전 서울에 살고 있는 아들이 하동에 다녀가면서 굳이 시간이 많이 걸리는 기차를 이용했다.(하동역은 서울서 바로 오는 기차는 하루에 한번밖에 없어 불편하고 아쉬운 간이역 형태라고 할 수 있다) 아이는 자라면서 우리도 시골에 할머니나 친척이 있어 기차여행을 해봤으면 좋겠다고 벼르더니 다 커서도 그 꿈을 버리지 못했는지 시간도 많이 걸리고 이동하기도 불편한 완행기차를 굳이 타고 장장 8시간 만에 도착했다. 기차 안에서 김밥이며, 찐 달걀을 먹고 오징어에 맥주도 한 깡통 마시지 않았을까, 그리고 창밖으로 흘러가는 전원풍경을 보면서 바쁘게 돌아가는 경쟁사회에서 찌들린 마음도 쉬고 몸도 한 호흡쉬면서 휴식을 취했을 것이다.

기차가 기적을 울리며 홈으로 들어와 정차하자 아이가 가방을 줄래줄래들고 손을 흔들며 내리고 나또한 플랫폼에 섰다가 달려가 손을 맞잡았으니 그동안 아이가 꿈꾸었던 기차여행의 진수를 백분 발휘한 셈이다. 승용차로 달려와 기차역에서 오빠를 기다리던 딸아

이가 오래된 흑백영화 한 장면을 보는 것 같다고 했으니 굳이 필설로 다 말하지 않아도 가슴으로 느낄 수 있지 않겠는가. 이번에 공모한 명예역장의 활용도를 보아서 남아있는 다른 무인역에도 차후에 역장을 뽑을 수도 있다 했으니 나도 기회가 닿는다면 한번 응모해볼 생각이다.

그러나 신문도 방송도 없는 곳에 칩거하고 있으니 누가 재빨리 귀띔을 해주지 않는다면 기회를 놓칠 수도 있을 것이다.

혼불 문학관

자연과 한품인 듯 이렇게 조화롭고 아늑하고 정겨운 문학관을 만난 적이 있었던가, 도처에 있는 문학관 순례를 거의 망라하다시피 했지만 이렇게 편안하고 아름다운 문학관을 만난 적 없다.

입구에 돌아가는 물레방아를 시작하여 분수대, 연못, 실개천, 청호저수지, 그네, 등도 볼거리지만 그런 주변보다는 한옥으로 이루어진 건물 자체가 지은 지 몇 년 되지 않으면서 고색이 창연하니 어쩐 일인가 싶을 정도로 거부감 없이 포근히 안겨든다. 혼불의 작가가 잔잔한 미소를 지으며 찾아든 객을 반긴다.

최명희는 1947년 10월 10일생으로 전주에서 출생하였으며 생전에 아버지의 고향인 남원 노봉마을에 자주 드나들며 소설《혼불》소재들을 발굴하기도 했다.

전북대학교 국어국문과를 졸업하고 1980년 중앙일보 신춘문예소설부문 수상했으며 동아일보 창간 60주년 기념 2천만 원 고료 장편

소설 공모 당선작 《혼불》로(제1부) 시작하여 1988년 월간 《신동아》에 《혼불》 제2부를 연재, 이어서 1995년 《혼불》 제5부까지 연재(만 7년 2개월간)하여 국내 월간지 사상 최장기 연재기록을 남겼다.

소설 내용은 앞서 작가의 말을 인용했듯이 1930년대 남원 매안 이씨 집안 종부 3대가 이야기의 축을 이루어 가고 있다. 저자는 이야기의 사이사이에 소설의 본줄기보다는 더 정성스럽게 당시의 풍속사를 아주 정교하게 묘사하고 있다. 혼례의식을 비롯하여 연이야기며, 장례식, 그리고 조왕신의 습속이나 복식에 대한 묘사, 윷 이야기 같은 내방의 섬세한 면면들도 감탄과 찬사를 이끌어낸다. 만주 봉천의 구체적인 지리 묘사라든지 사천왕의 긴 이야기도 사물에 대한 안목을 새롭게 키워준다. 오랜 집필기간으로 인해 생활이 어려운 작가를 위해 97년 9월 '작가 최명희의《혼불》을 사랑하는 사람들의 모임'이 창립되었다. 97년부터 98년 사이에 단재문학상, 세종문화상, 전북애향대상, 여성동아대상, 호암상 등을 수상했다. 하지만《혼불》이 완간된 지 2년이 채 못 된 98년 12월 향년 52세의 나이로 그녀는 "아름다운 세상, 잘살고 간다"는 짧은 유언을 남기고 지병인 난소암으로 세상을 떠났다.

국악의 성지

문학관에서 떨어지지 않는 아쉬운 발길을 돌리자 길잡이를 해준 친구가 가까운 거리에 있는 국악의 성지를 들르자 하여 민족의 영산 지리산 자락 운봉으로 향했다. 국악의 성지는 우리 민족의 전통과 혼이 담긴 국악의 본고장이요, 성지임을 알리기 위해 국악을 사랑하는 모든 사람들이 염원을 모아 조성되었다고 한다. 국악은 우리 민족의 역사이고 세계가 인정한 문화유산으로 남원시 운봉읍 화수리 산 1번지에 넉넉하게 그리고 평화롭게 마을을 내려다보면서 조용히 앉아있다. 남원의 판소리 다섯마당 중 <춘향가>와 <흥부가>의 배경지가 될 만큼 예로부터 국악의 산실이었으며 오늘날 동편제 판소리를 정형화한 유서 깊은 곳으로 동편제를 완성시켜 가왕의 칭호를 받은 송흥록 선생의 생가와 함께 국악전시 체험관, 득공실, 야외공연장, 국악인의 묘역, 사당 등이 배치되어 있으며 기악, 정악, 명창들의 기증 유물 등이 전시되어 판소리를 비롯한 우리 음악의 모든 것을 엿볼 수 있고 체험할 수 있는 곳이다. 그러나 그

안에 숨 쉬고 있는 면면들은 결코 조용하지도 고즈넉하지도 않다.

내부를 둘러보면 금방 소리꾼이 목청을 길게 뽑고, 춤꾼이 화려한 색동옷으로 치장하고 화관무를 출 것 같다. 농악놀이도 한바탕 신명을 내고, 상여꾼의 구성진 앞소리가 갇힌 유리문을 밀고 흘러나올 것 같은 역동감이 넘친다. 살풀이 춤 복장을 한 무희 앞에서 걸음을 멈춘다.

내가 얼마나 추고 싶은 춤인가.

달빛 고요한 하얀 백사장에서 지쳐 쓰러질 때까지 살풀이춤을 원 없이 한 번 출 수 있다면 가슴속에 뭔지 알 수 없는 한의 응어리들이 춤사위를 따라 하나하나 풀려나와 좀 가벼워지련만 하는 생각을 한평생하고 살면서도 이루지 못하고 있다. 그 원을 풀지 못하고 훌쩍 떠나게 된다면 어찌 편하게 눈을 감으랴하는 청승맞은 생각도 더러 한다. 조선의 여인네들 가슴속에 들어앉은 응어리가 비단 나뿐이겠는가. 최명희는 어쩌면 자신의 응어리를《혼불》로 승화시켜 이 세상에 혼불 하나 남겨 놓고 훌훌히 미련 없이 떠났을까, 나또한 춤꾼이 되었다면 이 모든 고뇌의 사슬에서 놓여놔 훨훨 나비처럼 춤을 추다가 어느 꽃밭에서 행복한 잠에 빠져들 수 있지 않았을까 하는 부질없는 생각을 해 본다. 각설하고 내 거처 오두막으로 돌아오니 봄내 가꾼 채송화, 봉선화, 백일홍, 코스모스, 금송화 모두모두 피어나 반기는데 어쩐지 쓸쓸해 보인다. 보아주는 이가 없는 탓일까, 가까운 곳에 고뇌하는 벗이 있다면 오라하여 울타리 벤치에 앉아 봉선화꽃잎 띄워 꽃차 한잔 마시면서 그 향기를 같이 마실 수 있다면 그 아니 좋겠는가, 나비도 날아드는데.

달이 너무도 밝은 까닭에

이효석

메밀꽃 필 무렵

봉평장을 지나쳤다.

순전히 탈 것 때문이다.

허 생원처럼 나귀를 타고 너덜너덜 왔더라면 좋았을 걸.

시간을 돈으로 환산하는 택시를 탔으니, 아뿔싸 나귀처럼 고삐를 낚아채지 못하고 바람처럼 장날 풍광을 스쳐 지나고도 한참을 지난 뒤에야 "아이구 오늘이 봉평장인 모양인데 그냥 지나쳤네." 하고 뒷북을 쳤다, 그래도 그때만 해도 늦지 않았는데도 차머리를 돌리지 못하고 내쳐달려와 그렇게만 봉평장을 만나고 돌아선 것이 못내 아쉬웠던 것은 집으로 돌아와 사진현상을 하고난 뒤였다.

봉평장이 없다.

연극은 해야 하는데 무대가 없는 거와 진배없으니 허 생원과 나귀, 그리고 동이는 어디다 세울 것이며 충주댁은 어디다 앉힐 것인가, 늦은 철이라 하얀 소금을 뿌려놓은 것 같다는 메밀꽃은 이미

꽃을 떨구고 가을햇살에 알곡으로 누워 있어 그러려니 했지만 그래도 운이 좋아 가는 날이 장날이라고 그 이름난 봉평 장날을 덤으로 만났는데도 그저 무시하고 왔으니 한탄을 하지 않을 수 없다.

사진을 펼쳐놓고 아쉬워하다가 그냥 맥이 빠져 자리에 털썩 누워버렸는데 창밖이 환하다.

보름달이 창밖에서 갸웃이 들여다보며 얘기를 걸어온다.

봉평장이 없어도 나를 따라 오면 장터를 떠나 밤길을 가는 허 생원과 조선달, 동이를 만날 수 있으니 낙심하지 말고 그만 일어나라고.

그럴 수밖에 없는 줄 알면서도 못이기는 척 일어나 컴퓨터 책상 앞에 앉아 시간과 공간을 뛰어넘어 허 생원의 뒤를 좇았다.

한시바삐 허 생원을 따라잡아야만 물레방앗간과 성서방네 처자도 만나볼 수 있을 것이 아닌가.

친절한 달빛의 인도를 받아 산허리를 돌고 흐드러진 메밀 꽃밭도 지나서야 나귀를 타고 외줄로 늘어서 산길을 가고 있는 허 생원, 조 선달, 동이, 세 사람을 만날 수 있었다.

드디어 허 생원이 이야기를 시작한다.

장 선 꼭 이런 밤이었네 . 객줏집 토방이란 무더워서 잠이 들어야지. 밤중은 돼서 혼자 일어나 개울가에 목욕하러 나갔지. 봉평은 지금이나 그제나 마찬가지나 보이는 곳마다 메밀밭이어서 개울가가 어디 없이 하얀 까닭에 옷을 벗으러 물방앗간으로 들어가지 않았나. 이상한 일도 많지. 거기서 난데없는 성서방네 처녀와 마주쳤단 말이네. 봉평서야 제일가는 일색이었지, 팔자에 있었나부지.

날 기다리는 것은 아니었으나 그렇다고 달리 기다리는 놈팽이가 있는 것도 아니었네, 처녀는 울고 있단 말야. 짐작은 대고 있었으나 성 서방네는 한창 어려워서 들고 날 판인 때였지. 한 집안 일이니 딸에겐들 걱정이 없을 리 있겠나. 좋은 데만 있으면 시집도 보내련만 시집은 죽어도 싫다지 그러나 처녀란 울 때 같이 정을 끄는 때가 있을까. 처음에는 놀라기도 한 눈치였으나 걱정 있을 때는 누그러지기도 쉬운 듯해서 이럭저럭 이야기가 되었네. 생각하면 무섭고도 기막힌 밤이었어

조선달은 친구가 된 이래 귀에 못이 박히도록 들어온 이야기다.

그렇다고 싫증을 낼 수도 없었으나 허 생원은 시치미를 떼고 되풀이할 대로는 되풀이 하고야 말았다.

실은 이 글을 쓰는 나 또한 알 만큼은 알고 있는 얘기고, 이 글을 읽을 독자들 또한 익히 알고 있는 얘기 일 것 같아 귀동냥은 그만하고 아름다운 무대를 마련해 준 작가 소개를 놓친 것 같아 잠시 작가를 만나 보기로 한다.

가산 이효석 탄생 백주년

이효석 님은 <메밀꽃 필 무렵>이란 작품을 대표작으로 대한민국 국민이면 모를 사람이 없을 정도로 널리 알려져 있어 새삼스럽게 소개한다는 것도 맥 빠진 일이긴 하나 그래도 그의 생애를 언급하지 않을 수 없다.

1907년 태어나 한학을 배우고 1920년 경성제일보통학교에 입학 1925년 졸업하고 경성제국대학 법문학부 영문학과에 입학했다.

재학시절 조선인학생회 문우회에 참가하여 기관지《문우》에 시《봄》을, 1928년 <도시와 유령>을 발표하였으며 1930년 경성제대를 졸업하고 경성농업학교 영어교사로 근무했다. 이때부터 작품 활동에 전념하여 1940년까지 해마다 10여 편의 소설을 발표했으며 1933년 구인회에 가입했고 1934년 평양숭실전문학교 교수가 되었다.

1938년 <메밀꽃 필 무렵> 뒤이어 <장미 병들다> <화분> 등을 계속 발표하였다.

작품집으로는 <노령근해> <성화> <해바라기> <이효석 단편집> <황제> 장편집으로는《화분》《벽공무한》이 있다.

1940년 아내를 잃은 시름을 잊고자 중국 등지를 여행하고 이듬해 귀국했으며 1942년 뇌막염으로 언어불능과 의식불명상태에서 35세 젊은 나이로 사망했으며 그의 묘소는 현재 파주에 있다.

파주에 묘소가 이장되기까지 그의 생애만큼이나 파란이 많았다.

생존해 있는 따님의 증언을 빌리면 애초에는 부친 고향인 강원도 진부에 모친의 유골과 함께 합장을 했다. 그러나 1972년 고속도로 건설공사로 인한 이장 통고를 받고 장평으로 이장을 했으나 또 다시 고속도로 부지로 선정되는 바람에 1998년 파주 경모공원에 이장을 하게 되었다는 것이다.

이효석이 널리 알려지게 된 것도 따님이 1983년 국내 외에 뿔뿔이 흩어져 있던 이효석 작품들을 처음으로 정리,《이효석 전집(전 8권)》으로 발간하면서 부터였다. 이어서 2003년에는 생존 시에는 발표했으나 묻혀 있던 작품들을 새롭게 발굴해《제2전집》을 발간했다.

이젠 이효석하면 봉평과 메밀꽃이 연상되고, 봉평 메밀꽃하면 이효석이 연상되듯이 봉평은 테마마을로 연중 문전성시를 이루고 있다.

지방마다 이름 있는 작가나 그 외 유명한 인물들을 내세워 테마마을을 조성하고 관광객을 끌고 있지만 봉평만큼 성공한 곳도 없다.

이효석이 봉평에서 서당에 다니던 시절 봉평에는 충주집이라는 주막이 있었고 효석은 그의 글동무들과 함께 싸온 도시락을 이 주막에 맡겨놓았다가 먹곤 하여서 그곳에서 일어나는 일과 그리고 들은 이야기를 바탕으로 훗날 불후의 걸작 <메밀꽃 필 무렵>을 탄생시켰다.

봉평장과 장돌뱅이들, 그리고 그 한 가운데 있는 주막과 방앗간, 이 모든 배경들이 실제 했으며 소설 속의 주인공들도 그곳에서 만났던 인물들을 모델로 삼았던 것이다.

봉평에 가면 지금도 그때 그 물레방앗간은 돌아가고 메밀꽃도 제철이면 흐드러지게 피어나 봉평 어디를 가나 메밀부침, 메밀전병, 메밀술, 메밀국수, 메밀이 들어간 먹거리가 넘치고 장날 풍광도 토속적인 냄새가 물씬 풍긴다.

차를 타고 휭하니 지나느라 봉평 5일장 속으로는 들어가 보지

못했지만 물레방앗간에 들려 성처녀와 허 생원이 하룻밤 정을 나누었다는 방앗간도 기웃거려보고 생가도 찾아들었다.

내를 가로지르는 섶다리도 건너보고 2002년에 문을 열었다는 이효석문학관을 찾았더니 뜻밖에 이색적이다. 문학관은 대체로 작가의 고향, 생가와 가까운 전원 속에 위치하고 있으면서도 대부분 콘크리트 건물이라 주변과 좀 동떨어진 느낌을 주어 아쉬운 점이 있었다.

그러나 이곳 이효석 문학관은 주위 자연환경과 잘 어울리는 전원주택처럼 통나무로 나지막하게 지어 그저 있는 듯 없는 듯 조화롭고 아늑하여 찾아드는 이의 마음을 편안하게 한다.

잘 정돈된 넓은 잔디밭 한 가운데 님이 책상 앞에 앉아 독서삼

매경에 빠져있다. 정장차림에 모자도 바짝 주인 옆을 지키고 있다.

출타했다 돌아오셨나, 아니면 금방 어딜 가시려나, 미동도 않고 눈을 내리깔고 있는 님이 야속해 객은 님의 등뒤 산으로 멀건이 눈길을 보내다 전시실 안으로 들어가 님의 육필원고와 유품에서 향기를 맡아본다.

잔디밭을 가로질러 이효석 '시비 만나러 가는 길'이라는 이정표를 따라가니 자근자근한 나무계단이 아래로 이어지고 금방 '가산 이효석 문학비'가 버섯모양을 하고 서 있다.

그 위로 가을 하늘이 푸르고 맑다.

오랜만에 만나는 화창한 날씨다.

봉평에서 만난 소년

내가 굳이 이효석을 만나러 봉평까지 온 것은 사실 소년의 집을 방문하고 싶었는지도 모른다.

봉평 면소재지에서 좀은 벗어난 덕거리 계곡을 거슬러 올라가면 그 길에서는 마지막 집일 것 같은 외딴 오두막이 있다.

내가 그 오두막을 알게 된 것은 7-8년 전 그 근방에 통나무집을 짓고 있던 한 친구가 방갈로 하나쯤 지어놓고 작업실로 이용할 수 있는 아주 좋은 장소가 있다고 초대하여 찾아들었다가 길 위에서 한 소년을 만나게 되었고 더불어 참하게 농사를 짓고 있는 그 소년의 부모를 만났다.

찰랑거리는 시냇물 위로 가로 놓인 외나무다리를 건너 소년의 집으로 들어섰다.

조그마한 토방 두 칸과 부엌, 집 옆으로 오래된 돌배나무 한 그루가 서 있었고 오롯한 마당에는 통나무 밑둥치로 마련한 앉을자리가 질박하게 놓여 있었다.

우린 그 의자에 앉았고 소년의 부모님은 나그네를 대접한다고 집 뜰에서 거둔 돌배 술을 권하면서 한참 예민한 사춘기에 놓여있는 고 1짜리 막내아들얘기를 하며 내게 좋은 말을 좀 해줬으면 좋겠다는 청을 했다.

미루나무처럼 키가 훌쩍 크고 잘 생긴 소년은 수줍어 얼굴을 발그레 물들인 채로 아무 말도 않고 고개를 숙이고 있었다. 나는 소

년의 손을 잡고 집을 나와 개울가에 앉아 많은 얘기를 했던 것 같다.

그 후 소년의 부모님은 내가 아이에게 도움이 되어 학교생활과 집안일을 잘하게 되었다고 하였지만 실은 소년은 그 부모님을 닮아 너무나 착하고 성실하여 혼자서도 잘 할 수 있었다는 걸 내가 알고 있듯이 부모님도 이미 알고 있었을 것이다.

오히려 그 만남 이후 내가 행복해져서 수채화를 그리기 시작했다

얼마나 아름다웠는가.

나는 그때 그곳으로 나를 초대한 친구에게 편지를 썼다.

친구여!

가을비가 내리고 있습니다.

나는 창밖을 보면서 지난여름 봉평산골에 내리던 비를 생각하고 있습니다.

아름다웠습니다.

맑고 맑은 시냇물에 내리는 빗줄기, 이름 모를 풀꽃에 맺혀 떨어지는 빗방울, 키다리 옥수수, 하얀 꽃, 보라 꽃이 피는 감자밭, 텃밭에 만발한 봉선화와 초롱같은 더덕꽃, 오두막 돌담사이에 가만히 숨어있던 새끼 도마뱀, 간이 신발장에 보금자리를 마련한 아주 작고 예쁜 산새가족, 그립습니다. 그대가 짓고 있는 이국의 향기가 가득한 통나무집보다 저녁연기가 모락모락 피어오르는 소년이 살고 있는 오두막이 그립고, 바람이 꽃망울을 만져야만 향기를 내뿜는다는 그 호롱불 같은 더덕 꽃이 그리워 이 아침도 행복합니다.

얼마 만에 가져보는 다소곳한 그리움인지요.

개울 건너 혼자 사는 할아버지집 굴뚝에서 아침 연기가 봉홧불처럼 피어오르면 "밤새 안녕하시구나." 안도의 숨을 내쉬는 눈물겨운 이웃이 있어서 더욱 그리운 산골, 부모님 모시고 농사를 지으며 사슴의 눈빛을 닮아 가는 16세 소년의 사과볼 같은 수줍음이 있어서 가슴 설레이는 산골마을, 지나는 길손에게 돌배 술 한 잔 권하며 쉬어가기를 바라는 농부의 거친 손등이 아름다워 다시 가고 싶은 산하,

목이 긴 사슴이 냇물에 띄워 보낸 빛깔고운 풀꽃 한 송이도 만나보고, 출렁이는 나무다리를 건너 할아버지가 사는 토담집 처마 밑에 앉아 낙숫물 소리를 헤아리는 작은 소녀도 되고 싶습니다.

친구여,

짧은 가을날의 오후가 빗속으로 사라지고 있습니다.

저 또한 빗줄기를 따라 어디론가 가고 있나 봅니다.

가장 그리운 곳을 향하여.

지금은 친구가 짓던 통나무집도 완공된 지 오래고 그 당시 고등학교 일학년이던 소년은 대학생이 되었고 군에 입대하여 열심히 군복무를 하고 있다.

소년의 부모님은 영농후계자인 큰아들과 함께 유기농으로 이름난 농장을 경영하고 있으며 지난해에는 오두막 옆에 크고 예쁜 양옥집도 지었다.

농촌도 열심히 노력하고 가꾸면 얼마든지 잘 살 수 있다는 것을 보여주는 모범적인 영농가족이다.

나는 새 집을 지었다는 소식을 듣고 반가우면서도 아, 그 정다운

오두막을 철거하면 어떡하나, 하고 그것이 걱정이 되었다.

그러곤 이 가을 이효석을 핑계 삼아 봉평으로 달려왔다.

새로 지은 양옥집 옆에 오두막이 예전 모습 그대로 연기를 내뿜고 있어 얼마나 기뻤는지.

반갑게 맞아주는 소년의 어머님과 수인사도 끝나기 전에 소년의 아버지 손에는 벌써 돌배술병이 들려 있다.

독실한 기독교 가정이라 부부가 술을 입에도 대지 않지만 그래도 약주 좋아하는 객이 들어서면 이토록 대접을 하니 술 마시지 않는 사람은 술대접도 깜박 잊는다고 하는데 소년의 아버지는 내가 들릴 때마다 가장 먼저 챙겨들고 나오는 것이 이 돌배 술이다.

처음 만났을 때 돌배 술 한 잔을 내가 얼마나 맛있게 마시고 감탄을 연발했는지 그때를 기억하고 바쁜 농사 일중에도 술을 택배로 보내주기까지 했다.

얼마나 다정한 분들인가.

오두막 가마솥 아궁이에는 감자가 장작불에 익어가고 주인이 권하는 돌배 술과 농장에서 금방 따온 갖가지 싱그러운 채소를 안주로 정담을 나누는 시간은 소중하고 행복하다.

내게 있어 이곳 소년 가족간의 만남은 아름다운 한 폭의 수채화로 아무리 오랜 세월이 흘러도 잊혀지지 않을 그리움으로 남을 것이다.

따뜻하고 평안한 설레임으로.

소년 가족과 아쉬운 작별을 하고 오두막을 나와 산모롱이를 돌아드니 저만치 <메밀꽃 필 무렵>의 동이가 물에 빠진 허 생원을 등에 업고 어두운 밤길을 걷는다.

허 생원은 아직도 물레방앗간에 있었던 그날 밤을 잊지 못하고 떠돌이로 살고 있으며 동이는 태어났을 때부터 아버지가 없었다.

그리고 허 생원과 동이, 둘 다 왼손잡이다.

나는 그들과도 작별을 하고 서울 가는 버스를 찾아 장평으로 발길을 돌린다.

쓸쓸한 기차를 타고 돌아간다네

다쿠보쿠

내 고향 바닷가 낮은 마을을 시름에 젖어 걷는다.

예전에 없었던 해안도로로 아름다운 길이다.

방파제를 따라 걷다가 주저앉아 바다를 본다.

잔잔한 수면위로 숭어가 힘차게 튀어 오른다.

말간 바닷물 밑으로 복쟁이 가족이 나들이중이고 갯바위에서는 낚시꾼들이 한가하게 낚싯대를 드리우고 있다.

밀물인가 썰물인가

바위에 눈금을 그어놓고 기다려본다.

바위위에 게 한 마리 놀고 있다.

작은 쫄장게 한 마리가 운동을 하는 중인지 춤을 추는지 큰 집게발로 입술에 묻은 거품을 연신 닦아내며 분주하게 움직이고 있다.

한동안 녀석에게 시선을 고정시킨 채 망연해 있었는데 그때 문득 '게'를 노래한 한 시인의 시가 생각났다.

동해안의 작은 섬
갯바위 하얀 백사장
나 눈물에 젖어
게와 벗하였도다

—다쿠보쿠 <나를 사랑하는 노래 1>

자살하려고 바닷가에 나갔다가 작은 바닷게 한 마리에 눈이 팔려 놀다가 자살할 마음도 잊었다는 시인의 고백 시다.

나처럼 갈 곳이 바다밖에 없었나보다.

이시카와 다쿠보쿠

위의 시를 쓴 시인은 일본 하코다데 출신으로 1886년에 태어나 1912년에 병사한 이시카와 타쿠보쿠다.

중학교시절부터 시를 시작하여 16세에 스스로 학교를 자퇴하게 되는데 세츠코와의 연애, 문학에 대한 자각, 스트라이크, 수학시험 컨닝사건 등으로 반 년의 학업을 남겨둔 시점이었다.

훗날 학업을 도중에 그만둔 자책감이 한의 응어리로 남게(모리오카의/ 정들었던 중학교/ 다시 한 번만/ 발코니 그 난간에/ 이 몸 기대고 싶어/)된다.

몇 번의 투고 끝에 1902년 잡지《명성》에 그의 단가가 실리면서 빛을 발하게 되며 18세에 첫 시집《동경憧璟》을 출간하고 그의 연인 세츠코와 결혼하였으나 동시에 아버지의 실직으로 부모를 부양해야 처지가 되어 소학교 교사, 편집자, 임시 공무원, 신문기자 등을 지냈으나 강한 자부심과 학력 때문에 극심한 생활고를 겪는다.

결핵으로 사망할 당시에는 문단에서 전혀 주목받지 못한 시인이었지만 죽은 후 6월에 간행된《슬픈 장난감》이 호평을 받으면서 그전에 출간된《한줌의 모래》와 함께 불후의 시인이라는 명성을 얻게 된다.

백석이 사랑하고 존경했다는 시인이다.

시인 백석은 나이 19살 때(1930) 조선일보 작품 공모에 단편소설 <그 모와 아들>이 당선되어 신문사의 후원으로 도쿄아오야마 학원의 영어 사범과에 입학하여 영문학을 전공했다.

그는 이때 일본의 대표적 시인이었던 이시카와 다쿠보쿠의 문학에 심취하여 자신의 필명 백석을 이시카와石川에서 따온다.

이시카 다쿠보쿠는 정한론이 한일합방으로 실현되는 것을 눈으로 목격하고 <9월 밤의 불평>을 쓰게 된다.

그 어느 때나 즐겨 입에 담았던/ 혁명이란 말/ 조심조심하면서 가을에 들어

섰네/ 이 세상에서 애써 벗어나려고/ 버둥쳤더니/ 방랑이란 이름만 끌어안게 되었네/ 이내 몸 품은 사상이란 모두가/ 돈이 없음에 연유한 것이리라/ 가을바람이 분다/ 가을바람아/ 명치 시대를 사는 우리네 청년/ 위기를 슬퍼하는 얼굴 쓸어주누나/ 폐색의 시대 이 시대의 현상을 / 어찌하려나/ 가을에 접어들어 생각에 잠기노라/ 잊을 수 없는 표정의 얼굴이다/ 오늘 거리에서 경찰에 끌려가며/ 웃음 짓던 남자는/ 세계 지도위 조선 나라/ 검디검도록/ 먹칠하여 가면서 가을바람 듣는다/ 누가 나에게 저 피스톨이라도 쏘아 줬으며/ 이토오 수상처럼/ 죽어나 보여줄 걸/ 명치 43년 이 가을 내 마음은/ 여느 때보다 성실하여지면서/ 슬픔으로 가득하네

빈곤과 질병에 허덕이면서도 이웃나라 민족의 슬픔을 대신 읊고 있어 명치 말기라는 어두운 시대를 살다간 한 시인의 가슴에서 우러나오는 고독이 배어 있다.

아버지, 어머니, 아내와 딸, 부양해야 할 가족을 북해도에 남겨놓고 혼자 동경으로 나왔으나 원고도 팔리지 않았으며 원고를 쓰려고 해도 종이와 잉크마저 없는 극한 상황에 처하여 고뇌의 나날을 보내며 죽음을 생각하게 된다.

결국 폐결핵에 걸려 치료조차 받지 못한 채 26세의 젊은 나이로 세상을 떠났으며 그의 어머니도 같은 해에 결핵으로 사망하고, 아내 세츠코도 그 이듬해에 같은 병으로 남편의 뒤를 따른다.

그도 살아생전 늘 고향을 그리워했다.

정들은 고향 그 사투리 그리워

정거장으로 붐비는 사람 속에
고향만 찾아가네

병들은 짐승 그 모습 닮은 듯이
나의 마음도
고향 소식 들으면 절로 양순해지네

누가 뭐래도 시부타이 촌마을 못내 그리워
추억의 동산이여
추억의 개울이여

—다쿠보쿠 <연기 4>

고향은 추억 속에서 빛난다.

살기가 힘들고 곤궁할수록 고향은 누구에게나 그리움이고 위안이다.

나또한 더러는 해질녘 쓸쓸함과 아침에 눈떴을 때 까닭 없이 흘러내리는 눈물의 끝에는 언제나 고향이 떠오른다.

돌아가야지 고향으로.

고향에 일가친척이 있는 것도 아니고 문전옥답이 있는 것도 아니건만 고향은 언제나 나를 위로하고 달래준다.

고향을 향한 그리움이 없었다면 나는 무엇으로 위로받고 그 많은 고난의 시간들을 견뎌낼 수 있었을까, 그렇다고 깃들일 곳이 정해져 있는 것도 아니라서 이번 길도 김유신의 말처럼 나도 모르게 고향으로 찾아들었지만 그저 고향마을 바닷가를 거닐면서 추억에 잠길 뿐이다.

그래도 찾아올 고향이 있다는 것은 얼마나 축복인가.

해변을 따라 마을길을 돌아드니 마늘 수확이 한창이라 삼삼오오 모여앉아 마늘 손질하는 사람들이 눈에 뜨이고 소꿉친구가 살던 옛집도 그때 그 친구의 키 높이만큼 코 묻은 모습으로 남아 있다.

그리고 어디쯤이었을까.

내 아버지가 여기 이쯤에 어린 외손자 손을 잡고 마실 오셔서 손자에게 초코파이를 쥐어주고는 놀고 있으라고 했다는 그 구멍가게와 평상이 놓여 있던 자리가.

그러고는 어디론가 가셨다가 한참 만에 돌아오시곤 했다고 어른이 된 조카가 외할아버지를 추억할 때 하는 말이다.

아버지, 그 이름만 불러도 눈가에 이슬이 맺히는 아버지는 섬진

강가에 잠들어 계신 지 오래다.

바닷가 작은 우체국에는 친구의 착한 부인이 근무하고 바로 옆에는 이들 부부의 비둘기둥지 같은 예쁜 집이 있다.

친구들 중에 가장 아름다운 잉꼬부부다.

"언니, 바다쪽으로 난 창이 있는 방이 비어 있으니 언니 방이라 생각하고 언제든지 와서 쉬어가세요."

남편의 친구들을 언니라 부르며 항상 누님 같은 미소를 잃지 않는 여인이다.

드디어 내가 자란 고향집으로 찾아들었으나 집은 없다.

터만 있을 뿐.

오래전 도로가 뚫리면서 위채와 아래채가 수용되고 곳간만 폐허로 남아 있었으나 그도 언제쯤 사라졌다.

유난히 꽃을 좋아하셨던 아버지의 사랑으로 사랑채 뜰에 군락을 이루며 피어났던 백합이며 다알리아는 흔적도 없어진 지 오래고 몇 년 전에만 해도 대문 앞에 있던 무화과 나무며 마당 어귀에 서 있던 감나무가 쓰러질듯 안쓰러운 옛 모습을 간직하고 있더니 그도 없고 그저 잡초만 무성하고 쓰레기를 버리지 마라는 경고판만 하얗게 서 있다.

집 떠난 후 일 년에 한두 번 고향집에 들를 때면 버스 도착할 시간에 맞춰 대문 밖에 죽 나와 서서 손을 흔들며 반기던 부모님과 형제들 모두가 고향을 떠나 살고 물살 같은 추억만 남아 일렁인다.

그러기에 고향에 찾아와도 애써 외면하고 지나쳤던 곳이다.

집이 헐리지 않았더라면 우리 부모님이 끝까지 고향을 지키고 계셨을 테고 그랬다면 내가 고향에 와서 이렇게 방황하며 헤매지 않아도 좋았을 텐데 하는 부질없는 생각을 해본다.

심상함을 다독이며 어릴 적 놀이터였던 집 앞 개펄로 내려갔더니 할머니 한 분이 쏙(가재)을 잡고 있어 반짝 반갑다.

고향바다를 떠난 후로 가장 그리웠던 것은 바로 이 개펄이다.

썰물로 수심이 낮아진 개펄로 들어가 손 짚고 헤엄치는 흉내를 내면서 손 끝에 와 닿는 꼬막도 잡고 썰물 따라 미처 빠져나가지 못한 꽃게도 잡으면서 놀던 놀이공원이기 때문이다.

주저 없이 신발을 벗고 정강이까지 빠지는 개펄로 살금살금 들어간다. 소리를 내면 쏙이 나오다가도 다시 숨어버리기 때문이다.

개펄 중에서 약간 딱딱한 부분을 호미로 걷어내면 연탄구멍만한 동그란 쏙 집이 운집해 있고 그 위에 된장 물을 풀어 놓고 기다리고 있으면 쏙이 두 다리를 치켜들고 그 이름처럼 쏙 올라온다.

그때 두 발을 잽싸게 낚아채야 하는데 겨우 한쪽 발만 붙잡고 끙끙거리는 사이 녀석들이 살겠다고 다리를 스스로 잘라버리고 구멍 속으로 도망을 가버려 몹시 아쉬워했던 기억이 새롭다.

벌써 언제 적 일인가. 쏙은 잡지도 못하고 옷만 잔뜩 버리고 들어가 엄마한테 야단맞았던 그때가.

누구냐고 나를 묻는 쏙 잡는 할머니에게 아버님 성함을 대었더니 반짝 반색을 하면서 당신 집에 와서 자고가라 권한다. 다음에 그러마고 인사를 하고 석양을 등에 지고 기차역으로 향한다.

쓸쓸한 기차를 타고 돌아간다네

지친 몸은 쇠사슬을 얽어맨 듯 무겁다.

완행열차 2호차 객실에는 승객이 대여섯 명뿐 텅 비어 있는 듯 하다.

앞에 있는 의자를 돌려놓고 혼자 편안히 두 다리를 올려놓는다.

소나기인가, 밖에는 비가 내리고 열차는 마냥 하세월이다.

나또한 바쁠 일이 없으니 얼마나 아늑하고 평화로운가.

이대로 마냥 잠든 듯이 가고 싶다.

그래도 고운님 두고 떠나는 사람처럼 쓸쓸한 감회를 이기지 못하고 비 내리는 창밖을 하염없이 내다본다.

나 남쪽으로 내려갔다가
쓸쓸한 기차를 타고 돌아간다네
빈 집으로

왜 그럴까, 집을 떠날 때도, 집으로 돌아 올 때도 쓸쓸하기 짝이 없으니.

세상살이에 자신이 없고 그리움도 희망도 어쩌면 절망할 일도 이젠 없다는 그 허망함 때문일까, 늦은 밤, 도착역에는 아직도 비가 내리고 나는 플랫홈에 서서 어디로 가야하나 갈 곳을 묻는다.

분명 돌아갈 집이 있건만 떠나고 돌아올 때마다 집 없는 사람처럼 갈 곳을 잃고 방황을 한다.

슬픔에 젖어서.

언제쯤 내 영혼도 내려놓고 육신을 편히 쉴 곳을 찾게 될지.

기차를 떠나보내고도 오랫동안 비를 맞으며 그렇게 서 있다가 다쿠보쿠의 詩를 떠올렸고 나는 웃었다.

외롭지 않아서.

무작정 가고 싶었을 뿐
탔던 기차 내리자 어디 더 갈 데가 없다.